# 이 질 그릇에도

## (제2부 결혼편)

최 봉 식 옮김

지성문화사

# 이 책을 읽는 분에게

이 작품 〈이 질그릇에도〉는 1969년 9월부터 1970년 12월에 걸쳐 잡지 「슈후노또모(主婦의 友)」에 연재되고, 이어 단행본으로 출판된 것이다. 〈길은 여기에〉의 속편이고, 당시 제3작 〈빛 있는 속으로(신앙입문편)〉에 이어지고 있다. 즉, 이 작품은 저자가 24세부터 13년간 병석에 누웠던 절망의 시기(〈길은 여기에〉)를 극복하여 성실한 남편 미우라 미쯔요(三浦光世)와 결혼함으로써 새로운 희망을 갖게 되고, 소설 〈빙점〉이 태어나기까지의 과정이 그려진다.

한낱 무명의 주부로서의 저자는 〈빙점〉으로 일약 유명해졌고, 또한 소설 〈빙점〉으로 우리나라에도 많이 알려졌다. 그렇기에 〈빙점〉을 읽은 독자는 이 책에도 따라서 흥미를 가질 수 있을 것이다.

역자는 일찍이 〈빙점〉을 대했을 때 저자가 심혈을 기울인 작품이라서인지 그 청신한 문장력에 우선 충격을 받았었다. 또 내용도 좋아서 번역 출판된 「빙점」은 수만 부를 파는 베스트 셀러로 출판사에 큰 성공을 가져다 주었었다. 하지만 이 책 「이 질그릇에도」에서는 저자의 뛰어난 문장력보다는 저자 자신의 진실된 내면의 소리를 들을 수 있었다는 데에 큰 기쁨이 있었다.

〈빙점〉은 당시 일본 제일의 발행고를 자랑하는 아사히신문(朝日新聞)의 조간에 1964년 12월 9일부터 이듬해 11월 14일까지 연재되었었다. 연재에 앞서 신문사는 빙점의 대대

적인 캠페인을 벌였다. 그 슬로건은 소설의 테마가 '인간의 원죄'를 다룬 것이라는 데 모아졌다. 이리하여 일반 독자는 상금 1천만엔이라는 당시로선 파격적인 현상금의 당선작이라는 점과 '원죄'란 대체 무엇인가 하는 데 관심을 갖기에 이르렀고, 소설이 실리기 시작하자 폭발적인 '빙점 붐'을 일으켰던 것이다. 평론가들은 〈빙점〉의 줄거리를 해부하여 "유한 마담의 바람과 의붓자식 학대, 그리하여 주인공이 자기 출생의 비밀을 고뇌하면서 하나하나 뿌리를 찾아낸다는 대중성이 붐을 일으켰다"고 했고, 어떤 평론가는 심지어 "이 작품은 문단에의 도전이다"라고 했다. 그러나 〈빙점〉이 갖는 테마의 중대성은 현대문학의 자세에 반발을 느끼는 일부 순문학 독자에게도 애독되었고 무엇보다 수많은 대중의 압도적 지지를 받았었다.

역자는 여기서 일본 문학을 논할 생각은 없다. 다만 최소한도의 필요한 말을 한다면, 〈빙점〉이 그토록 좋은 작품이었던만큼 그 작가의 이 책으로 하여금 저자 자신과 일본 문학을 폭넓게 이해할 수 있고 또한 '인간의 진실된 삶'이 과연 무엇인가를 새삼 일깨워 준다는 점에서 기꺼이 번역하여 독자들께 선물하는 바이다. 아울러 여기서 군소리 한마디를 덧붙인다면 오늘날 '경제 대국'을 자랑하는 일본이 어떻게 하여 패전에서 일어났고 국민들의 사고방식이 어떻게 변천되었는지, 작가는 자기들 부부를 중심으로 쓴 것이지만 차분히 읽어 나가노라면 그 과정이 잘 나타나 있어서 제법 흥미를 느끼리라 믿는다.

아무쪼록 이 책이 독자 여러분 가까이에서 좋은 벗이 되어 지기를 빈다.

옮긴이 씀

# *1*

청춘은 자기 훈련에 의한 자기 발견의 시기라고 우스이 요시미찌씨(불문학자, 문학평론가)는 말한다.

나의 청춘기 「길은 여기에」는 확실히 자기 발견의 기록이었다. 거기에 나오는 자기는 사랑과 신앙을 고백하는 자기였다.

이제부터 써 나갈 이 기록 역시 우리 부부의 사랑과 신앙의 고백이라 해도 좋으리라. 나는 이 기록에서 결혼생활이란 무엇인가, 가정을 이룩하는 일은 어떤 것인가, 부부의 자세는 어떠해야만 하는가를 스스로에게 되물어 가며 엮어 나갈까 한다.

손을 뻗치면 천장에 닿는 단칸방.
우리가 처음으로 산 집
내 방의 천장 위는 이웃집의 헛간
나막신 울리며 걷는 소리가 나네.

　미우라가 이렇게 노래한 우리들의 보금자리는 아사히까와 시의 구조(九條) 14가에 있었다. 나의 친정집에서 겨우 2. 5km 가량 떨어진 곳이다. 이 집은 우리들이 결혼하기 전까지 다섯째 동생의 집이었다. 동생은 이웃집에 잇닿은 헛간을 빌려 개조했던 것이다. 그것은 단 한 칸의 집이었다.

　하지만 격자문이 제대로 달린 현관도 있고 독립된 부엌도 화장실도 있었다. 더욱이 현관은 길에서 7~8미터나 들어와 있고 마주 보는 왼쪽에 석탄 3톤 정도 들어가는 큼직한 헛간이 있으며, 오른쪽엔 판자울을 두른 이웃집의 아름다운 뜰로 되어 있었다. 그래서 우리 집의 현관이나 단칸방인 창문에서 보아도 흡사 우리들의 뜰처럼 보였다. 그 뜰의 생울타리 너머에 한길이 있으므로 자못 호젓하고 조용한 집이었다.

　부엌은 4조 정도였는데, 나는 그 곳을 동생에게 빌린 찬장으로 칸막이하고 현관의 마루와 부엌으로 나누어 썼다.

　이런 작은 우리들의 집을 감싸 주듯이 집 뒤꼍에 커다란 호도나무가 가지를 드리우고 있었다. 높이 10미터는 되었던 것 같다. 그리고 또 부엌의 창문에서는 다른 한쪽의 이웃집 뜰이 보이고 자두나무가 있었다.

　결혼 첫날밤이 지나고 날이 밝자 나는 부엌에 서서 문득 창밖을 보았다. 이웃집의 자두나무가 한창 꽃을 달고 새하얗게 피어 향기를 풍기고 있는 것이 인상적이었다. 그때의 감동을 어떻게 전하면 좋을까. 미우라와 나는 자두꽃이 만발한 계절에 결혼했던 것이다. 그렇게 생각했을 뿐인데도 나는 눈물이 났다.

　이제부터의 결혼생활도 이 자두꽃처럼 수수하기는 해도 부디 향기롭고 청순한 것이 되었으면 하고 나는 절실히 기도

하지 않을 수 없었다.

결혼하기 전에 우리들은 아사히까와 로쿠조(六條) 교회의 나카시에 에사아끼 목사로부터 이런 가르침을 들었다.

"결혼했다고 해서 이튿날부터 곧 부부가 되었다고 할 수 있는 것은 아니다. 우리들이 참된 부부가 되려면 일생의 노력이 필요하다."

이 말이 결혼 첫날째의 아침, 나의 가슴에 선명히 떠올랐던 것이었다. 그러나 무엇을 어떻게 노력해야 좋은지 도무지 짐작도 못하는 나였다. 나는 어젯밤의 기도를 떠올렸다. 어젯밤 미우라와 나는 양복장과 옷장과 미우라의 책상이 있는 좁은 다다미 9조방에서 둘이 자리를 깔았다. 그리고 정좌하여 진심으로 하나님께 감사기도를 올렸던 것이다.

꼬박 5년 동안, 미우라는 오로지 나의 병이 낫기만을 기다려 주었다. 그것은 참으로 한결같은 것이었다. 상사나 친지가 권하는 아름답고 젊은 신부감마저도, 혹은 직접 사랑을 고백한 사람마저도 미우라는 물리치고 다만 깁스 베드에 누워 있을 뿐인 연상인 나를 묵묵히 기다려 주었던 것이다.

미우라는 어디에 출장가더라도 내 사진을 항상 휴대하고 어느 날인가 이곳에 함께 올 수 있게 해주소서 하고 기도하면서 출장을 다녔던 것이다. 그런 긴 세월 그의 사랑이 지금 새삼스레 내 가슴에 밀려온다. 나는 두 손을 짚고 고개 숙이며,

"변변치 않은 사람이나 부디 잘 이끌어 주시기 바랍니다."
하고 엄숙한 심정으로 부부의 첫인사를 했다. 그리고 두 사람은 정좌하여 기도했다.

"하나님, 오늘의 기쁜 날을 주신 것을 진심으로 감사드립니다. 오늘부터 한몸이 되어 아버지 하나님과 사람에게

봉사할 수 있는 가정을 이룰 수 있도록 저희들을 이끌어
주십시오."

기도를 끝낸 두 사람의 눈엔 눈물이 넘치고 있었다. 이윽
고 미우라는,

"피로할 테니까 오늘은 조용히 자도록 해요."

라고 부드럽게 말해 주었다. 그리고 나에게 손가락 하나 건
드리는 일없이 입맞춤도 나누지 않고 미우라는 자기의 잠자
리에 들어갔다. 그것은 자못 조용하고 경건한 밤이었다. 나
는 깊은 평안을 느꼈다. 하지만 한편, 이 결혼 첫날밤에 하
다못해 기념의 키스만은 하고 싶다고 생각했다. 그것은 육
적(肉的)인 생각과는 달랐다.

누군가 말했다.

"부부생활의 근본은 성생활이다."

그런 말이 문득 머리에 떠올랐을 때 나는 곧 악수도 키스
도 없는 이 밤이 극히 바람직한 것으로 생각되었다. 이것만
으로 좋다고 생각했다. 우리들의 결혼생활을 상징하는 밤
같다고 여겨진 것이다.

나는 부부의 결합이 육체에만 있다고는 생각하고 싶지 않
았다. 역시 기도에 의한 인격과 결합이 근본이어야 한다고
생각했기 때문이다.

그런 어젯밤의 일을 생각하면서 나는 허옇게 마른 개수대
에 펌프 물을 구석구석까지 흘려 보냈다.

우리들은 신혼여행을 가지 않았다. 몸이 약한 나에게 있
어 결혼식에 뒤이어 여행하는 것이 무리였기 때문만은 아니
었다. 아마 건강했다 하여도 나는 신혼여행을 거부했으리
라. 나는 작아도 내 집에서 평안히 자고 평안스레 잠을 깨고
싶었다.

도마도 없어 나는 남비의 뚜껑을 이용하여 무나 감자를 썰면서도 마냥 즐거웠다. 미우라는 책장의 책을 정리하든가 벽장을 정돈하며 바지런히 움직이고 있다. 3일간의 휴가를 낸 미우라와 단둘이서 같은 지붕 아래 있는 것만으로도 나는 충분히 행복했다.

집이 작다는 것은 고마운 일이다. 화장실에 있어도 현관에 있어도 소리가 들리는 것이다.

"작은 집은 좋구나, 작은 집은 좋구나."

화장실에 있는 미우라와 이야기하면서 나는 몇 번이고 그렇게 중얼거렸다. 지금 돌이켜 보아도 얼마나 신선하고 즐거운 감정이었을까.

"첫 애정에서 떠나면 안된다"는 말을 나는 지금 생각하면서 이 글을 쓰고 있다.

결혼하고 사흘쯤 지났을까, 도쿄에 사는 편지 친구인 오가와 야스요씨로부터 소포가 왔다. 보통이 안에는 2절의 엽서 크기만한 도화지가 많이 들어 있었다. 이상히 여기면서 그것을 풀어 보자 회색과 빨강으로 뜬 레이스의 십자가 서표가 들어 있었다. 그리고,

'이 도화지에 당신들이 좋아하는 성경 말씀을 쓰고 결혼식에서 힘써 주신 분들에게 보내는 것이 어떨까요? 저의 조촐한 축하입니다.'

라고 쓴 종이쪽지도 들어 있었다.

오가와 야스요씨는 전쟁 전 꼬우지바찌(도쿄의 고급저택가)에 큰 집을 지니고 있던 재산가의 따님이었는데 전쟁에 의해 운명이 변했다. 약한 몸으로 취직 전선에 뛰어들어 어머니를 부양하고 있는 것이다. 아마 나하고 같은 나이 또래일 것이다.

"피로하면 나는 이 십자가를 기도하면서 뜨고 있지요."

언젠가의 편지에서 그녀가 썼던 것을 기억한다. 요양중이 던 나는 이 말에 얼마나 많은 격려를 받았는지 모른다. 인간 은 누구라도 피로하면 시무룩해지고 게을러지기 쉽다. 그럼 에도 불구하고 그녀는 피로하면 한 사람 한 사람을 위해 기 도하면서 십자가의 서표(書標)를 뜨는 것이다.

그래서 그녀는 지친 그 손끝으로 몇 백 몇 천의 서표를 만 들어 냈다. 일정한 수가 되면 그녀는 기도의 말과 함께 전국 각지의 결핵요양소며 나병환자며 교도소에 차례로 이를 보 내고 있음을 나는 알고 있었다.

이런 십자가의 서표는 크리스마스 용품의 판매 회사에서 1개당 80엔으로 구매하겠다는 제의가 있었던 걸로 알고 있 다. 확실히 그녀의 서표는 일류 백화점에서 판매하여도 부 끄럽지 않을 정도의 물건이었다. 하지만 그녀는 이 제의를 거절했다. 이것은 그녀의 선물이지 파는 것이 아니라는 것 이었다. 결코 넉넉하다고는 할 수 없는 그녀가 이를 거절했 다는 이야기를 들었을 때 나는 깊이 감동했던 것이다. 이런 십자가의 서표를 받는 한 사람 한 사람에게는 작은 선물일지 모르지만 그녀의 활동은 흉내낼 수 없는 큰 것이라고 나는 지금껏 생각한다.

'무릇 사람의 할 수 없는 것을 하나님은 하실 수 있느니 라.'(누가 18 : 27)

우리들은 이 성경 말씀을 곁들여 오가와씨에게서 받은 서 표를 많은 사람에게 선물했다.

# 2

그러나 세상 사람은 가지각색이다. 우리들의 결혼에 대해 오가와 야스요씨와 같은 축하를 해주신 분도 있고, 다음과 같은 편지를 보낸 사람도 있었다.

어느 날 두툼한 봉함 편지가 배달되었다. 그것은 그리운 제자인 사쿠라이 요시야로부터였다. 그는 내가 17세도 채 되기 전 탄광촌의 국민학교 교사가 되었을 적 고등과(중학에 진학하지 못한 아이를 위한 2년제의 학제 ; 곧 폐지됨) 학생이었는데, 나하고는 네 살밖에 차이가 없었다. 교사들보다 몸집이 컸었는데 명랑하고 순진한 학생이었다. 함께 걷다가 내가 지치면,

"선생님, 업어 드릴까요?"

하고 말하는 학생이었다. 내가 아사히까와의 학교에 옮기고서도 자주 놀러왔고 요양중에도 여러 번 병문안을 와 주었다.

"아, 다행이에요. 아직도 살아 계셨군요. 나는요, 선생님 집이 가까워지면 벌써 돌아가신 것이 아닐까 하여 가슴이 두근두근해요."

그런 소리를 곧잘 하는 요시야였다.

나의 요양중에 그는 대학을 나왔고 도쿄의 큰 회사에 취직을 했으며 아내를 맞았다. 출장지로부터 인형을 보내 주든가 하꼬네(箱根)에서 자기의 이름과 내 이름이 새겨진 도자

기 등을 보내 주기도 했다.

삿포로 의대 병원에 내가 입원하고 있던 때, 그가 도쿄에서 와준 일이 있었다. 슬그머니 병실에 들어오자 나의 얼굴을 보더니 히죽 웃고는,

"아아, 아직도 살아 계셨군요."

하고 안심한 듯이 의자에 앉자마자 그대로 내 침대에 머리를 대고서 드르렁 코를 크게 골며 잠들었다. 긴 여행의 피로가 단번에 나타났으리라.

2시간 가까이나 자고서 겨우 잠이 깬 그는 나의 머리맡 찬장 안을 뒤졌다.

"뭔가 맛있는 게 없을까요?"

그는 찾아낸 벌꿀을 컵에 따르고 그것에 물을 붓고서 꿀꺽 꿀꺽 목젖을 울려 가며 마신 뒤 겸연쩍은 듯이 말했다.

"거꾸로 병문안을 받은 것 같아요. 선생님, 발톱을 깎아 드릴까요?"

"더러우니까 괜찮아요."

발톱을 깎아 주겠다는 병문안 친구는 좀처럼 없었다. 나는 그의 마음씀이 고마웠다. 깁스 베드에 꼼짝도 못하고 누워 있는 나는 발톱을 스스로 깎을 수가 없었다.

"더럽더라도 상관없어요. 내가 깎아 드리겠어요."

그는 아무렇지도 않다는 듯이 말하고 양동이에 물을 떠다가 나의 발을 닦아 주고 발톱을 깎아 주었다.

그런 사쿠라이 요시야로부터의 편지였으므로 결혼을 축하하는 편지이겠지 하면서 나는 봉함을 뜯었다. 그런데 느닷없이 눈에 뛰어든 것은,

'기적을 저주한다.'

는 말이었다.

'선생님, 나는 기적을 저주합니다. 나에게 있어 선생님은 이성이면서도 이성이 아닌 유일한 신비한 존재였습니다. 그런 선생님이 결혼하셨습니다. 나로서는 선생님이 특정한 사람의 연인이거나 아내이거나 하는 것은 생각할 수 없는 거예요. 선생님만은 영원히 누구의 것도 아닌 여성이라고 나는 믿고 안심하고 있었습니다. 거듭 나는 말하겠습니다. 나는 기적을 저주한다고.'

편지는 길게 이어졌고 그답지 않은 원망의 말로 넘쳐 있었다. 나는 두 번 세 번 읽었다. 그에게 있어 나는 살아 있는 한 병자여야만 했던 것일까? 그가 언제 찾아와도 깁스 베드에 누워 있는 내가 부재인 적은 없었다. 그는 만나고 싶을 때에 언제라도 나를 방문할 수가 있었다. 그리하여 나는 몇 시간이라도 이야기를 들어주었다.

그것이야 어쨌든 오랜 병상에 있던 내가 적어도 사쿠라이에게 있어선 마음의 평안이었든가 싶어졌다. 병자였다는 것도 도무지 사람들의 쓸모없는 존재는 아니었다고 생각하면서 미우라에게 편지를 보였다.

"귀여운데. 이런 축하 방법도 있군 그래."
하며 미우라는 미소지었다.

그 뒤 우리들 가정에 있어 적잖이 중대한 영향을 미치게 된 편지를 나는 또 하나 여기에 소개해야만 하겠다.

그것은 기묘한 이름 앞으로 된 봉함편지였다. '홋다 아야꼬님'으로 되어 있었다(일본 여인은 결혼 후 남편의 성을 따른다). 뒷면을 뒤집어 볼 것도 없이 친구인 의사 쿠니무라 노리오의 낯익은 필적이었다.

그는 나의 요양중 알게 된 의사 중의 한 사람으로 처음 만났을 당시는 아직 의학생이었다. 그는 1955년 8월 초순 나

를 돌연 찾아왔다. 「아라라기」에서 나의 단가(短歌)를 보고
방문했노라고 했다. 피부색이 하얗고 날씬한 몸매의 어딘지
우울해 보이는 학생이었다. 시선을 내리깔고 있어 마주치는
일은 적었다. 한번도 빗질을 한 일이 없는 듯한 머리였으나
웃으면 의외로 소년과 같은 표정이 되었다.

그는 처음으로 찾아온 그때 나의 여자 친구의 소문을 화제
로 삼았다.

"그분의 귀는 어떻게 된 것입니까?"

그 친구는 미인인데 귀가 조금 별나게 생겼다. 순간 나는
단호하게 말했다.

"나는 내 친구의 험담을 듣고 싶지 않아요."

"아뇨, 나는…… 의학생으로서 알고 싶었을 뿐입니다."

나의 강한 어조에 놀라 그는 당황했다. 그 친구는 나에게
서 이미 떠나 버린 친구였다. 나의 일을 이것저것 퍼뜨리고
있다는 소문도 나는 듣고 있었다. 그러므로 쿠니무라 청년
역시 그녀에게 나의 험담을 듣고 있었을 게 분명했다. 그로
서는 그 여성의 별난 모양의 귀를 화제에 올림으로써 나에게
호의를 베풀 생각이었는지도 모른다. 그러나 나는 나를 떠
나간 친구라고는 하지만 그녀를 나쁘게 여기는 일은 싫었
다.

초면인 내가 엄격하고 매정하게 가로막은 이 말을 그는 순
순히 받아들였던 모양이다. 그는 여름방학 동안 몇 번이나
병문안을 와 주었다. 삿포로에 있는 그의 애인과 약속한 돌
아갈 날이 되어도 그는 아사히까와에 머무르고 나를 병문안
왔다. 여름방학 동안에 그는 완전히 나의 친한 벗이 되었고
이것저것 허물없이 말할 수 있게 되었다. 나보다 여덟 살이
나 연하인 청년이었다.

그에겐 여자 친구가 많고 그를 사모하는 여성이 끊이지 않았다. 나는 어느 틈엔가 그런 여성들로부터도 때때로 편지를 받든가 병문안을 받게도 되었다. 아마 내가 그의 누님과 같은 존재로서 그녀들에겐 비치고 있었으리라.

이 쿠니무라 청년이 미우라와 처음으로 만난 것은 나의 병실에서였다. 그가 와 있는데 미우라가 나중에 왔던 것이다. 그는 드물게도 그날은 수다스러웠다. 1시간쯤 있다가 미우라는 먼저 돌아갔다. 그러자 그는 갑자기 말수가 적어졌고 돌아갈 때에,

"나는 오늘 정신 상태가 나빴던 것 같습니다."

라고 말했다. 그는 미우라의 인격에 질투했던 것이라고 했다.

"그렇군요, 나도 미우라씨의 인격에는 질투를 느끼죠."

그리고 몇 년인가 지나 우리들은 드디어 결혼하게 되었다. 친한 벗 중에서 이 결혼에 반대한 것은 쿠니무라 청년 한 사람뿐이었다.

그런 그로부터 '홋다 아야꼬님'이라는 편지를 받았을 때 나는 심정이 복잡했다. 그는 어디까지나 나를 미우라 아야꼬로 인정하고 싶지 않았던 모양이다.

'홋다상, 나는 역시 의사로서 당신의 결혼을 축복할 수가 없습니다. 홋다상의 건강을 위해 아무래도 찬성할 수가 없는 것입니다. 그런데 당신은 대체, 당신을 그리스도로 이끌고 사랑한 죽은 마에카와상의 문제를 어떻게 처리하고 있는지, 나는 그것을 듣고 싶은 거예요.'

전체가 뺨을 때리는 것만 같은 내용이었다.

이 편지를 본 미우라는 말했다.

"한 사람의 결혼은 열 사람의 슬픔이라는 말도 있지. 사쿠

라이씨의 편지며 쿠니무라씨의 편지는 생각하게 만드는 편지이군 그래."

결혼은 꼭 모든 사람의 기쁨은 아니다. 그러기에 단지 두 사람만의 의가 좋으면 좋다 하는 폐쇄적 가정이어선 안된다고 미우라는 말했다.

우리들은 우리의 가정을 사랑하는 많은 사람을 받아들이는 가정으로 만들지 않으면 안된다고 진심으로 이야기했다. 그것은 또한 우리들에게,

"가정도 또한 교회여야 합니다."

하고 축하 편지에 써 주신 신앙의 선배 스가와라 유타까 선생의 말씀에 부응하는 것이었다.

아무튼 이리하여 우리들의 가정은 뜻밖인 편지 두 통에 의해 새삼 나아갈 방향을 확인하게 되었던 것이다.

# 3

결혼하여 아직 한 달도 지나지 않은 6월 21일이었다. 그날은 상쾌하게 갠 주일이었다. 미우라와 나는 교회의 예배를 마친 뒤 역으로 갔다. 아사히까와 역 다음인 가구라오카 역 근처에 마에카와 댁이 있어 그 곳을 찾아가기 위해서였다.

마에카와 댁의 장남 다다시상은 나를 기독교에 이끌어 준, 지금은 죽은 연인이다. 지난날 아내의 연인 집을 함께 방문하는 남편의 심리는 다른 사람으로서는 이해할 수 없는 것일지도 모른다. 아마도 일반의 부부라면 결코 그러한 것은 하지 않으리라.

하지만 미우라는 달랐다. 미우라가 처음으로 나를 찾았을 때 나는 머리맡에 마에카와 다다시의 사진과 유골을 놓고서 병들어 있었다. 미우라는 내가 얼마나 마에카와를 사랑하고 마에카와 또한 얼마나 나에게 진실이었는지를 잘 안 뒤에 나와 결혼할 결심을 한 사람인 것이다. 말하자면 마에카와하고 나와의 진실된 사랑에 감동하여 결혼을 결심했던 것이었다.

그런 뒤로 미우라는 마에카와의 사진을 늘 호주머니에 넣고 다니며 "일생이 걸려도 마에카와상과 같은 진실된 사람이 되고 싶다" 할 만큼 그를 존경해 왔다.

미우라는 결혼 이전부터 마에카와 댁을 방문도 하고 그 어

머님에게 위로의 편지를 보내든가 했었다. 우리들의 결혼식
에는 마에카와 다다시의 어머님도 교회를 대표하여 축사를
해주셨던 것이다. 물론 축하의 선물도 보내 주셨다.

그 답례로 두 사람은 찾아가려 하고 있었던 것이다. 역의
식당에서 카레라이스를 먹고 두 사람은 기차를 탔다. 여행
이라 할 수 없는 겨우 수 분간의 거리였지만, 두 사람이 어
깨를 나란히 하고서 기차에 오른 것은 그것이 처음이었다.

오른쪽에 쭈베쯔강의 맑은 물이 6월의 태양 아래 반짝거
렸고 강가의 버들은 아직도 연푸르기만 했다. 겨우 수 분 동
안이지만, 나는 왼쪽의 가구라오까 공원의 눈이 부신 푸르
름이며 멀리 보이는 밋밋한 기복의 산들 모습에 눈을 크게
떴다.

"아, 철교예요. 어쩜 저렇게 물이 깨끗할까요."

"어머, 가구라오까는 예쁘네요. 작았을 때와 조금도 변하
지 않았어요."

"마치 잠자고 있는 것만 같은 산이네요."

차례로 튀어나오는 나의 감탄사에 미우라는 일일이 부드
럽게 끄덕여 주었다.

오랜 병상에 있던 나의 눈에 비치는 것은 무엇이고 모두
신선했음이 미우라에게는 애처로운 것이었는지도 모른다.
37세인 내가 어린애처럼 보는 것 하나하나에 소리를 높여
놀라고 기뻐하는 것은, 곁에서 볼 때 얼마나 기묘한 것이었
을까?

기차는 금방 가구라오까역에 도착했다. 무인역이다. 나무
로 만든 플랫폼에 차장이 서서 하차한 대여섯 명의 승객 차
표를 받고 있었다.

여기서 또 나는 환성을 올렸다. 시영주택일까. 녹음도 짙

은 동산을 배경으로 같은 모양의 작은 주택이 몇 동이나 늘어서 있는 단지였다. 한낮이건만 이상하게도 사람 그림자가 없었다. 미우라와 나는 별천지에 온 것과 같은 심정이라고 이야기했다.

작년에 신축한 마에카와 댁은 그 동산 위에 지어져 있었다. 도중 왼쪽에 촘촘한 솔밭을 보면서 가느다란 언덕길을 우리들은 올라갔다. 빨강이며 파란 지붕의 새로운 주택의 대여섯 채씩 몇 단인가의 언덕 중턱에 나란히 이어져 있었다. 그 제일 윗쪽 끝에 마에카와 댁은 있었다.

나무 향기도 새로운 그 집 앞에 섰을 때 나는 그만 가슴이 뜨거워지는 것을 느꼈다.

(이 새로 지은 집에 다다시상이 살고 있다면…….)

그가 모르는 그의 집을 방문한다는 것은 무언가 이상한 느낌이었다. 그러나 내가 지금 미우라의 아내로서 그의 집을 방문한다는 것에는 웬지 깊은 감회가 그다지 없었다. 그것은 미우라와 결혼하겠다 정하고서 4년이라는 세월이 흘렀다는 것이기도 하리라. 그저 나의 마음은 잔잔했다. 그러니까 나는, 지금은 이미 마에카와의 연인이 아니고 미우라의 아내였다는 것이기도 하리라. 사람 마음의 변덕을 반드시 불성실하다고 할 수만은 없는지도 모른다.

우리들 두 사람의 갑작스런 방문을 그의 아버지도 어머니도 매우 기뻐하며 맞아 주었다. 특히 그의 아버지는 어떻게 환영을 해야 좋을지 모르기나 한 것처럼 갈팡질팡하고 계셨는데 안에서 무언가 한아름을 가져 왔다. 그리고 바닥에 책상다리를 하고서 쫙 펴 보여 준 것은 놀랍게도 감춰 두었던 옛날 돈이었다. 갖가지의 화폐를 취미로 모으고 계셨던 것이다. 화폐 하나하나에 대해 설명을 하는 마에카와의 아버

지에게 미우라는 끄덕이면서 흥미있다는 듯이 바라보고 있
었다. 그런 두 사람의 모습을 보며 나는 다시 가슴이 뜨거워
졌다. 마치 진짜 아들과 아버지처럼 생각되었던 것이다. 그
것은 참으로 화기에 넘치는 감동적인 한때였다.

# 4

유카타 걸치고서 함께 걸으면, 결혼한 우리들임을 새삼
생각케 한다. ───아야꼬

그때 미우라가 입고 있었던 유카타(浴衣 ; 목욕하고서 입는
홑옷으로, 실내복 또는 잠옷으로 쓰임. 여름철 산책할 때도 착용
함)는 미우라의 출장중 천을 끊고 지어 달라고 했던 것이다.
그것은 미우라에게 비밀이었다. 미우라가 출장에서 돌아오
면 곧 입혀 드리자, 얼마나 기뻐할까, 그렇게 가슴을 설레어
가며 준비한 것이었다.
가능하다면 나는 내 손으로 유카타를 짓고 싶었다. 서툴
더라도 좋다, 한 바늘 한 바늘 감사와 기도를 담아 가며 나
는 바느질하고 싶었다. 그러나 어깨에 신경통이 있는 나는
옷의 단추 하나 다는 것만으로도 금방 어깨가 쑤신다. 꿰매
지 못하는 것은 아쉽기는 했지만 할 수 없었다.
출장에서 돌아온 미우라는 아니나다를까 기뻐했다. 두 사
람은 유카타를 걸치고 산책을 나갔다. 길 하나 뒤쪽에 이시
카리 강의 지류 우슈베쯔강이 흐른다. 약간 추운 바람이 부
는 7월의 저녁 때였다. 강쪽에서 펄프 폐액의 시큼한 냄새
가 풍겨 왔다. 우리들은 제방의 한쪽 그늘에 늘어선 집들을
바라보면서 걸었다. 긴 해도 겨우 저물려고 하는 무렵이다.
전등을 갓 켠 집들의 내부가 환히 들여다보였다. 먹고 난 식

탁을 그대로 놔둔 채 배를 깔고서 엎드려 신문을 보고 있는
남편, 그 곁에서 갓난애의 기저귀를 갈아 주는 아내, 혹은
또 두 명의 어린이와 어머니의 셋이서 저녁식사를 하고 있는
집, 창가에서 기타를 치고 있는 청년이 단 혼자 있는 집.
　우리들은 어깨를 나란히 하면서 그런 한 집 한 집에 무언
가 말할 수 없는 애정을 느꼈다. 그리고 생각했다. 아아 우
리들도 하나의 가정을 구축하기 시작한 부부라고.

　대낮에 누워 있는 것을 죄처럼 생각하면서도 누워야 하는
슬픔을 시집와서 알았네. ──아야꼬

　13년 동안 나는 누워서 지냈다. 그리하여 결혼 후에도 미
우라가 없는 동안에 나는 안정시간을 지키지 않으면 안되었
다.
　결혼 전엔 아무렇지도 않게 누워 있었을 터인데, 웬지 마
음이 꺼림칙했다. 이것이 곧 아내의 감정이리라. 남편은 열
심히 일하고 있는데 자기는 게으름을 피우고 있다는 심정이
연신 들었다. 그리고 새삼스레 십 몇 년 동안이나 용케도 의
사에게 보이고 요양시켜 주었구나 하며 부모의 은혜가 절감
되었다.
　아버지는 성급한 성격이었지만 내가 병중인 동안에는,
　"아야꼬의 병에 지장이 있다."
며 큰소리를 내지 않고자 노력했던 모양이다. 어머니는 어
머니대로 슬리퍼를 신고 복도를 걸으면 나에게 시끄러울 거
라고 하면서 늘 버선발이나 맨발이었다. 아사히까와의 겨울
은 길고 매섭다. 영하 20도인 날 복도는 문자 그대로 몸도
얼 것만 같은 추위다.

나는 그런 일을 돌이키면서 안정을 지키고 있었다.

그것은 8월 중간쯤이었다고 생각된다. 나는 그날 저녁, 미우라가 좀 늦어진다 하므로 식사 준비를 한 뒤 또 침구 속에 들어가 있었다. 늦어진다고는 했지만 아마 7시 반이나 8시가 아니었을까, 이미 다른 집은 어디나 전등이 켜 있을 무렵이었다. 나는 현관의 자물쇠를 채울까 말까 망설였지만 일단 빗장만은 걸어 두었다. 하지만 생각해 보니 미우라가 돌아왔을 때 잠겨 있다면 불쾌할 거라 생각하고서 다시 빗장을 풀고 어둔 집 안에서 숨을 죽이듯 누워 있었다. 미우라가 돌아오면 어둠 속에서 으악 하고 놀라게 해주리라는 장난기가 생겼던 것이다.

그리고 얼마 지나지 않았는데 현관이 덜거덕거렸다.

(아, 미쯔요상이다. )

라고 생각하며 나는 곧 벌떡 일어났다. 그리고 어디에 숨어 놀라게 해줄까 생각했지만 정말로 놀라 심장이라도 나쁘게 되면 큰일이다싶어 반짝 전등을 켜고서,

"돌아오셨어요?"

라고 생기있게 말을 던지며 현관으로 나갔다. 그랬더니 급히 거리쪽으로 뛰어가는 사내가 있었다.

"무슨 일입니까?"

나는 큰소리로 물었다. 들렸는지 들리지 않았는지, 사내는 놓아 둔 자전거를 집어 타고 재빨리 거리를 꼬부라졌다. 본 적도 없는 런닝셔츠 바람의 사내였다. 아직도 바깥은 어스름하니 밝았다. 나는 그 사내가 미우라의 교통사고 소식이라도 알리려 온 것이 아닐까, 우선 그렇게 생각했다. 별안간 미우라가 염려되었다. 그 사내는 틀림없이 집 안이 캄캄하므로 아무도 없다 생각하고서 급히 돌아갔을 거야.

그렇게 애를 태우고 있는데 미우라가 불쑥 돌아왔다.

"어머, 무사했군요."

나는 안심하고 미우라의 팔에 매달렸다. 미우라는 어리둥절 했다.

"나는요, 미쯔요상을 놀라게 해주려고 전기를 끄고서 드러누워 있었지요."

나는 방금 전의 사내 이야기를 미우라에게 했다.

"어느 분이었을까? 아주 서두르고 있었어요."

미우라는 웃기 시작했다.

"아야꼬, 그것은 빈집털이야."

"빈집털이?"

"그렇지. 전등을 끄고 있었으니까 사람이 없다 생각하고서 문을 열려고 했던 것이지. 그런데 아야꼬가 전등을 켰으므로 허둥지둥 달아난 것일 테지."

"어머, 정말일까."

그러고 보니 내가 큰소리로 물었건만 못 들은 척하고서 자전거(안장)에서 엉덩이를 들며 크게 페달을 밟고 옆길로 꼬부라졌다. 그것은 좀도둑의 달아나는 모습이었을까 하며 나는 비로소 깜짝 놀랐다.

만일 내가 그대로 집 안에 숨어 있다 들어온 사내를 미우라인 줄 알고서 와락 끌어안았다면, 대체 어떻게 되었을까? 생각만 해도 나는 오싹했다.

지금 생각해 보면 어처구니가 없을 만큼 나는 세상사에 어두웠다. 십 몇 년이나 늙고 보니, 어떠한 때에 빈집털이가 오는지도 모르게 되는 것일까? 아무튼 모든 일에서 나는 남들에게 뒤져 있었다. 음식을 만들어 남에게 먹인 일도 없었고 청소도 세탁도 제대로 한 적이 없으며, 인간이 살아가기

위해 필요한 지혜를 나는 무엇 하나 갖지 못한 쓸모없는 인
간이었다. 이런 내가 대체 어떠한 가정을 쌓아 올릴 수 있을
까 얼마간 걱정되기도 했다.

# 5

결혼 이래 내가 소원하고 있던 것이 하나 있었다. 그것은 우리 집 앞에 게시판을 세우는 일이었다. 20센티 가량의 챙을 달고, 그 게시판에 교회 안내와 성경의 말씀을 붙여 두고 싶었다.

그렇게 하는 것은 우리들의 신앙을 세상에 분명히 보이는 것이 된다. 어떤 일에 대해 분명한 태도는 중요한 일이라고 나는 생각했었다.

이웃에 목수가 있다 하므로 나는 미우라와 의논하여 찾아가 보았다. 작은 몸집의 젊은 목수였다.

"글쎄요, 3천엔쯤 들 거예요."

라고 목수는 말했다. 미우라 월급의 10분의 1보다 더 많은 금액이었다. 나는 조금 망설였다. 그러나 우리들은 그리스도의 말씀을 널리 퍼뜨리는 가정이 되고 싶었다. 사회의 한 단위인 가정을 우리는 우리들 나름으로 다하고 싶었다.

며칠 뒤 대망의 게시판이 집 앞에 세워졌다.

우리들은 너무너무 기뻤다. 미우라가 정성껏 교회의 집회 안내를 썼다.

'아사히까와 로쿠조 교회 안내

장소 아사히까와 로쿠조 10가

예배 매주 일요일 오전 10시 15분부터

기도회 매주 수요일 오후 7시부터

교회학교 매주 일요일 오전 9시부터
어느 분이라도 사양 말고 와 주십시오.'
　모조지에 썼지만 게시판에는 아직도 여유가 있었다. 그
곳에 성경의 말씀을 써서 붙였다.
　'야채를 먹고 서로 사랑하는 것은 살찐 소를 먹고서 서로
미워하기보다 낫다.'
　'용서해 주세요. 그러면 자기도 용서되리라.'
　'바른 소망엔 실망이 없다.'
　'참고 견디는 자에게 복이 있을지어다.'
　'구하라, 그러면 주어지리라.'
등등의 성경 말씀을 번갈아 가며 붙이기로 했다. 그리고 대
량으로 주문해 둔 기독교의 팜플렛을 상자에 넣고 게시판에
매달았다. 상자에는 '자유로이 가져 가세요'라고 써 두었다.
　나는 곧잘 집 안에서 게시판을 바라보고 가슴을 두근거리
고 있었다. 큰 길이니까 사람 왕래가 적지 않다. 하지만 게
시판을 알지 못하고 지나는 사람이 많았다. 알아도 흘낏 볼
뿐 재빨리 지나갔다. 나는 한숨지었다. 그러자 한 여자가 멈
추어 서는 게 보였다. 옳거니 싶었는데 그녀는 들고 있는 짐
을 바꾸어 들고 곧 가버렸다.
　다음에 뒤따라온 중년의 남자가 발걸음을 멈추었다.
　"되었다!"
싶었다. 남자는 열심히 게시판을 보고 있었는데, 양복 주머
니에서 수첩을 꺼냈고 안경을 썼다. 그리고 수첩을 펼치더
니 성경의 말을 적었다.
　"미꼬, 미꼬(미우라의 애칭), 보아요. 저기 저 사람, 성경
말씀을 적고 있어요."
　미우라도 일어나서 창 밖을 보았다. 수첩을 주머니에 넣

고 안경을 벗자 남자는 가버렸다. 우리는 얼굴을 마주 보며
싱긋 웃었다.

그 뒤에도 그런 사람은 몇 명인가 있었다. 그때마다 나는
기뻐하며 미우라에게 보고했다.

상자에 넣어 둔 팜플렛도 아침에 내놓으면 오후 3시쯤 벌
써 1부도 남아 있지 않았다. 중학생이나 고등학생이 가져
가는 모습이 보였다.

(이렇게도 기쁜 일이 있을까?)

나는 몇 번이나 그렇게 생각했다. 게시판을 하나 세웠을
뿐인데도 이렇게 나날이 즐거운 것이다. 그러나 이 게시판
이 우리들의 장래에 뜻하지 않은 결과를 가져 오리라고는 전
혀 예측할 수도 없었다.

그날은 분명히 주일이었다. 점심식사가 끝났을 때 현관에
서 누군가 부르는 소리가 났다. 나가 보았더니 낯선 메마른
노인이 서 있었다.

"당신들은 기독교 목사인가요?"

70세는 넘었다고 생각되는 노인이었다. 우리들은 당황하
며 아니라고 말했다.

"실은 게시판을 보고서 들렀는데."

기뻐서 우리들은 고개를 끄덕였다.

"게시판에 '구하라, 그러면 주어진다'고 쓰여 있어서 말이
오. 그래서 한 가지 부탁이 있는데……."

노인은 우리들의 얼굴을 살폈다. 나는 마음속으로 섬뜩했
다. 아무리 요구된다 해도 돈은 줄 만큼 갖고 있지 않았다.

"어떤 일인가요?"

나는 주저주저 물었다.

"실은 대필할 사람을 찾으러 왔는데 대서소가 휴일이라

난처하게 되었소. 남자분, 집의 설계도를 하나 그려 주시
구료."

"글쎄요, 저는 전문가가 아니라서……."

"하지만 '구하라, 그러면 주어진다'고 했지 않소?"

"……야단났군요."

미우라는 쓴웃음을 지었다. 지금 이 노인에게 그 말은 신
앙에 관한 것이라고 설명해도 아마 납득을 하지 못하리라.
간판이 거짓이라는 것이 되어서는 안된다. 설계도에 대해서
는 전혀 문외한이라도 상관없느냐고 다짐을 받고서 맡기로
했다.

그래서 노인을 집 안에 청해 들이고 미우라와 노인은 테이
블을 사이에 두고 마주 앉았다.

"나는 농부인데 이번에 은거소(隱居所 ; 노인으로서 자녀에게
가사 일체를 물려주고 따로 독립된 가옥을 짓고서 은퇴하여 사
는 별채. 일본의 전통적 생활 방식의 하나)를 하나 짓고 싶어
서."

"호오, 그것은 매우 다복하신 일입니다."

"아냐, 며느리의 잔소리가 심해서 말야. 할멈이 지난해 죽
고서부터 나에겐 말도 잘하지 않지."

노인은 씹어뱉듯이 말했다.

"어머……."

뭐라고 대답해야 좋을지 몰라 나는 새삼 노인을 보았다.
햇볕에 그을은 볼에, 눈꼬리에, 이마에 새긴 것만 같은 깊은
주름살이 있었다. 잘 번뜩이는 눈은 노인의 고집스런 성격
을 나타내고 있었다.

"부인, 나는 말이오. 이런 나이가 되어 내 빨래를 내가 한
다오. 이런 일이 있어서 되겠소? 그런 인간의 얼굴은 보

고 싶지도 않다니까. 그래서 은거소를 짓는 거요.”

아마 이날 며느리와 싸움이라도 하고 홧김에 곧장 대서소를 찾았던 모양이다. 대서소에서도 설계도를 그려 주지는 않았을테지만, 노인은 대서소라면 뭐든지 해줄 것으로 생각했으리라. 우리들의 이웃에는 재판소가 있어 대서소가 많았다.

“어떠한 은거소로 해드릴까요?”

미우라가 다정하게 묻자, 노인은 그러한 미우라의 얼굴을 말끄러미 쳐다보며 말했다.

“당신들은 착한 사람들이오. 돈이라면 얼마든지 있소. 나를 이 집에 있게 해주지 않겠소?”

우리는 그만 얼굴을 마주 보았다.

“돈이라면 얼마든지 있소…….”

낯모르는 노인이 애원처럼 말했다. 나의 아버지와 같은 또래의 노인이다. 만일 나의 아버지가 다른 집에 가서 이런 말을 하는 일이 있다고 한다면…… 하고 생각하자 나는 뭐라 말할 수 없는 착잡한 마음이 들었다. 어떠한 사정이 있든 아들의 집을 나와 타인과 살고 싶다 하는 것은, 오죽해야 그럴까? 이쪽도 내 일처럼 이야기를 들어주지 않으면 안된다.

“할아버지, 저희들을 착한 사람이라고 해주셨습니다. 그야 처음으로 보셨으니까요. 하지만 함께 살아 보면 저희들도 보통의 인간이라 결점투성이지요.”

하고 미우라가 딱하다는 듯이 말했다.

“아냐, 얼굴 생김을 보면 알 수 있어요. 당신의 얼굴은 예사 사람의 얼굴과는 달라.”

“이것 정말이지, 황송합니다. 하지만 저는 성질이 급합니

다. 옛날에 아루쓰(內通 ; 운송회사)를 다니고 있을 때 어떤
일로 발끈하여 작은 기중기를 휘두른 일이 있었을 정도이
지요."
"아냐, 옛날은 옛날이고 지금은 지금이죠. 나는 3백만엔
의 돈이 있소. 땅을 판 이 돈만은 단단히 움켜쥐고 아들에
게도 며느리에게도 얼씬 못하게 하고 있지."
(3백만엔 !)
엄청난 금액이라고 나는 생각했다. 미우라가 정년이 되었
을 때의 퇴직금보다도 많지 않은가. 그 돈으로 대지를 사고
아담한 집을 지어도 아사히까와의 변두리라면 백만엔은 너
끈히 남는다. 나는 재빨리 그렇게 계산했지만, 그렇게 계산
한 것을 부끄럽게 여겼다. 평소 돈에 담담하다고 자부했던
내가 한 순간이라도 3백만엔이라는 대금에 눈이 멀었던 것
을 한심스럽게 생각했다.
"저, 실례하지만 그렇게도 며느님은 나쁜 분입니까?"
나는 물었다.
"나쁘고 뭐고 말도 되지 않아요."
씹어뱉듯이 노인은 말했다.
"대체 어떤 식으로……."
"아무튼 아침에 일어나도 잘 잤느냐 하는 인사도 없어. 입
을 꼭 다문 채 말도 하지 않아. 식사 때가 되어도 부르지
도 않는 거야. 나는 두부를 좋아하는데 좀처럼 먹여 주지
도 않지."
노인의 말로선 그 며느리는 자기의 남편이나 자식에겐 자
기 쪽에서 "더 먹어요"라고 하는데, 노인이 공기를 내밀면
힐끗 쳐다보고 와락 잡아챈다는 것이었다.
"그렇다면 큰일이군요. 그러나…… 그런 사람이라도 조금

32

은 좋은 점이 있지 않을까요?"
"뭐 좋은 점이 있을 게 뭐야."
"그렇습니까. 어버이가 돈을 갖고 있으면 소중히 한다고
세상에선 말하는데요."
"그렇지, 주인 양반. 나도 세상이 그렇게 말하니까 3백만
엔의 돈을 신주 모시듯 쥐고 있는 거요. 그것이 또한 며느
리로선 못마땅한 것이지. 이 영감쟁이, 살아 있는 한 절대
로 돈은 내놓지 않는다고 앞을 내다보고 있는 거야. 빨리
죽기를 바란다는 눈치야."
노인은 그 돈을 남에게는 주어도 아들이나 며느리에겐 주
고 싶지 않다고도 말했다. 우리들은 뭐라고 대답해야 할지
좋은 지혜가 떠오르지 않았다. 단순한 나는 언제나처럼 마
음 내키는 대로 말했다.
"하지만요, 인간은 감정의 동물이라고 하잖아요. 할아버
지, 조금쯤 이웃에게 며느리를 칭찬하고 다니면 어떨까
요? 틀림없이 며느님도 달라질 거라고 생각돼요."
"어림도 없어요. 부인, 그 인간에게 칭찬할 곳이 있겠어
요?"
"하지만 열심히 일하는 분이잖아요."
나는 지지 않고 어거지로 말했다.
"그야 욕심 많은 인간이니까 물불 가리지 않고 일하지. 하
지만 며느리를 칭찬할 정도라면 내 입이 찢어지는 편이 나
아."
노인은 완고하게 우겼다. 나는 문득 인간의 깊은 증오심
을 생각하고 오싹했다. 이 노인이 며느리를 미워하듯이 며
느리도 또한 이 노인을 미워하고 있을 게 틀림없다. 그녀에
게 말하라고 한다면 거기에는 또 숱한 증오의 이유가 있으리

라. 그러나 애당초 증오의 시작은 대체 무엇이었을까? 그
것은 의외로 별것이 아닌 오해로부터 비롯된 것이 아닐까.

그녀가 부엌에서 삐걱삐걱 펌프질을 하고 있을 때에 '배
가 고프다'고 노인이 말했다고 하자. 하지만 그녀는 펌프 소
리로 들리지 않는다. 노인은 다시 한번 큰소리로 말한다. 그
것도 공교롭게 들리지 않았다. 그리하여 식사 때가 되었다.
이번에는 그녀가 노인을 식사하라고 부른다. 노인은 심통이
나서 대답도 않는다. 식사하는 동안 시무룩하게 부어 있다.
그녀로선 까닭을 모른다. 대관절 무엇 때문에 시아버지는
성내고 있는 것일까? 모르는 채 이것저것 생각한다. 요리
가 마음에 들지 않는 것일까? 시아버지의 시무룩함이 그녀
마저 시무룩하게 만든다. 이것과 비슷한 하찮은 오해가 두
세 번 겹치면 쉽게 증오로 바뀌고 서로의 마음속에 응어리가
되어 남는다. 그런 것도 상상할 수 있을 것 같은 느낌이 든
다.

우리들의 일상 다반사인 부부의 말다툼만 하더라도 대개
는 하찮은 일부터 생긴다.

"양말을 줘."

남편은 그렇게 말한 걸로 안다. 하지만 아내는 와이셔츠
를 꺼내 왔다.

"멍청이, 누가 와이셔츠라고 했어?"

남편은 나무란다.

"어머, 당신 와이셔츠라고 하셨잖아요?"

"양말이라고 했잖아."

"아뇨, 분명히 와이셔츠라고 하셨어요."

남편도 아내도 고집스레 주장한다. 그리하여 그것 때문에
큰 싸움으로 발전되지 않는다고도 할 수 없는 게 우리들의

일상이 아닐까. 단 한마디,

"어머, 미안해요. 잘못 들었어요."

라고 하면 되는 일이다.

"할아버지, 어쨌든요, 자기의 아드님과 함께 사는 것이 무엇보다 행복하다고 생각해요. 우리들과 살아 본들 행복해지리라고 생각되지 않아요."

"그럴까."

"네, 지금 집사람이 말한 것처럼 우선은 이웃 사람들에게 며느님을 칭찬해 보세요."

"그렇게 하세요. 할아버지가 칭찬하고 있다고 들으면 며느님도 웬지 기뻐지는 법이지요. 부디 그렇게 해보세요."

"마음에도 없는 소리를 말해야 하나."

"아뇨, 며느님이 일을 잘한다는 것은 인정하고 계실 테죠. 그 점만을 칭찬하면 됩니다."

"당신들은 약은 사람이군."

노인은 팔짱을 긴 채 우리들의 얼굴을 번갈아 보았다.

"아뇨, 저희들도 여러 가지의 예를 보아 왔지만 상대편 욕을 하고서 상대편에게 호감을 샀다는 말만은 들은 적이 없으니까요."

그리고 우리는 꽤나 시간을 소비하여 여러 가지의 예를 들어 말했다. 노인은 조금 마음이 풀렸는지 의외로 밝게 말했다.

"당신들이 그렇게 말한다면 그 인간을 칭찬해 보기로 할까. 우리 집 며느리는 일을 잘한다, 고마운 며느리라고 말이지, 핫핫핫."

우리들은 안도의 한숨을 쉬었다. "속았다 생각하고서 한 달만 칭찬을 해보고, 그런 후에 또 찾아와 달라"고 하며 우

리는 그를 배웅해 주었다. 오후의 햇볕 아래 돌아가는 모습
은 완고한 것을 말하고는 있어도 역시 무언가 인간의 약함을
느끼게 하는 것이 있었다.

나는 이때 미우라에게 새삼스레 감사했다. 미우라는 결혼
후 즉시 나에게 이런 말을 했던 것이다.

"아야꼬, 아야꼬의 아버지나 어머니를 장차 우리가 모셔
야 해."

나는 6 남 2 녀 중에 차녀이다. 그런 내가 왜 어버이를 돌
보지 않으면 안되는 것인지 나는 이상하게 생각했다. 미우
라는 13 년이나 요양하여 경제적으로도 정신적으로도 부모형
제에게 걱정을 끼친 나에게 그 의무가 있는 거라고 말했다.
그러나 내가 부모를 돌본다는 것은 곧 미우라가 보살핀다는
것이기도 하다.

멀어져 가는 노인의 모습을 전송하면서 나는 미우라가 고
마웠다.

# 6

미우라가 소운쿄(層雲峽)로 2, 3일 출장을 가게 되었다. 9월도 10일이 지나서였다. 미우라의 출장이 끝나는 날에 나는 소운쿄에 가기로 되어 있었다. 그러니까 이것이 우리들의 편도(片道)만의 신혼여행이라는 것이었다.

미우라가 출발한 그날 오후에 돌연 쿠니무라 노리오가 그의 어머니와 함께 찾아왔다. 쿠니무라는 우리들의 결혼을 아무리 하여도 축복할 수 없다면서 '홋다 아야꼬님'이라는 기묘한 수취인으로 된 편지를 보낸 의사이다.

그는 겸연쩍은 얼굴로 어머니와 둘이서 현관에 서 있었다. 그의 어머니는 보기에도 훌륭한 키모노 차림이었다. 당시의 나는 키모노의 천에 대해서도 잘 몰랐지만, 지금 생각하면 오시마(大島; 튼튼하게 손으로 짠 명주)에 시오세의 띠를 매고 있었던 것 같다.

두 사람은 주방 용품이며 그 밖의 일용품을 보자기로 두 보퉁이쯤 가져 와 주었다.

"이것이 헛간이었어?"

단칸인 방을 신기한 듯이 둘러보며 그는 말했다.

"꽤나 좋은 집이네요."

그의 어머니도 낮은 천장을 올려다보며 말했다.

"나도 결혼하면 이런 방 하나뿐인 집에 살까."

쿠니무라는 기분이 좋아 보였다. 아마도 내가 결혼하여

넉 달 가까이 된 지금, 겨우 축복할 수 있는 심정이 되었으
리라. 미우라가 출장이라고 말하자 두 사람은 편히 앉아서
이야기를 했다. 1시간쯤 지나 어머니는 돌아간다고 말했다.
이어 쿠니무라도 일어섰다. 밖으로 나가자 그는 차를 잡았
다. 어머니가 차에 오르자 그는 탕 하고 밖에서 문을 닫았
다.

"나는 좀더 이야기를 하고 가겠어요.."

"어머, 아야꼬상에게 폐가 돼요."

타이르듯이 말하고서 그의 어머니는 가버렸다.

"어머니와 함께라면 이야기한 기분이 들지 않으니까요."

그는 성큼 앞장 서서 방안으로 들어갔다. 나는 현관에서
그의 구두를 반듯하게 해주면서 문득 망설였다. 미우라의
부재중 이성의 벗을 집에 들여도 괜찮을까? 그렇게 생각하
는 자신에게 나는 이상한 느낌이 들었다.

이것은 결혼 전에는 일찍이 한번도 느낀 적이 없는 망설임
이었다. 나는 오랫동안, 37세까지 독신이었다. 세례를 받고
서도 교회의 벗들, 단까의 벗들이 많이 있었다. 쿠니무라도
그런 한사람이었다. 모두들 나의 병실에 태연히 드나들었
다. 물론 가족들이 있었다는 사정도 있었다. 그러나 드물게
가족이 한 사람도 없을 때라도 그들은 아무런 주저없이 나의
병실에 들어와 이야기를 하다가 갔다. 그것은 서로 아무런
거리낌도 없는 일이었다.

그렇건만 결혼한 지금은 왜 이렇듯 주저되는 것일까? 결
혼 전의 벗이 그대로 새로운 가정의 벗이 되는 것은 우리들
부부의 소원이었다. 하지만 그것은 우리들 부부의 벗이지
나만의 벗이어선 안되는 것이다. 나는 미우라의 아내라는
것을 새삼스레 느꼈다.

그는 자기가 가져 온 옥수수를 때때로 입에 넣으면서,
"튼튼해진 것 같군요."
하고 새삼 나의 얼굴을 보았다.
"미우라가 친절히 해주기 때문이죠. 부엌일도 도와주고
이불을 펴고 개는 것도 미우라가 해주어요. 내가 펌프질
을 하고 있으면 곧 달려와서 물을 길어 주지요."
"미우라상은 그런 사람이니까."
"축복해 주시겠죠? 당신이라도."
"말하자면."
그는 웃었다.
"어쨌든 축복해 주지 않으면 싫어요. 축복하지 않는다는
것은 그 반대이겠죠? 즉, 그것은 저주라는 것이죠. 저주
라는 것은 친구가 할 일이 아니지요."
"딴은 축복의 반대는 저주인가, 그러한 논리도 성립이 되
네요. 나는 저주는 하지 않지요. 걱정하고 있을 뿐입니
다."
그는 야전침대에 누운 채 베니어판의 천장을 보고 말했
다. 테이블을 사이에 두고 나는 옥수수를 먹고 있었다.
"당신도 이젠 결혼하는 게 어때요?"
"나는 결혼보다 좀더 공부하고 싶고 기독교에 대해서도
아직 더 많이 알고 싶어요. 그것보다 난 동생 일이 가장
걱정되고 있어요."
그는 동생과 둘뿐인 형제였다. 시인으로서 머리가 날카로
운 그의 동생은 나와 똑같은 카리에스(결핵) 환자였다. 하지
만 카리에스라 하여도 콜셋을 입고 외출할 수 있는 상태였
다.
"이 일은 당신에게 말 않고 있었지만 그 녀석에겐 의외로

여자 친구가 많지요. "

"어머, 그렇다면 노리오상과 같지 않아요?"

노리오의 주위에는 언제나 몇 명의 여자가 있었다. 그가 상대를 사랑하는 것은 아니고 그를 사랑하는 여성들이 모여 드는 모양이었다. 그를 보고 있으면 여성들은 얼마나 의사 라는 직업에 약한 것일까 하며, 나는 때때로 생각하는 일이 있었다. 하지만 그의 동생은 대학 중간에 카리에스가 되고, 그보다 훨씬 화려하게 여성문제를 일으키고 있었다. 그 점 은 나도 알고 있었다.

"실은 동생과 결혼하고 싶다는 여의사가 있지요. "

"여의사?"

"동생보다 세 살 위이지요. 나는 반대했지만요, 당신들의 생활을 보니 결혼할 수 있다면 시켜 주고 싶다는 생각이 들게 되었지요. "

"하지만 그 여의사는 어떤 분이죠?"

내가 그렇게 말하자 그는 야전침대에서 몸을 일으키고 시 계를 보았다.

"아야꼬상, 미안하지만 만나봐 주시지 않겠어요?"

"내가?"

"네, 전화하면 그 사람은 어디라도 뛰어오지요. 꼭 만나봐 주세요. "

그는 지금까지도 어떠한 일이든 나에게 고백해 왔다. 나 로선 거절할 이유가 없었다. 그는 곧 맞은편 약방으로 전화 를 하러 갔다.

"역시 곧 온다고 해요. 동생의 일이라면 그야말로 그녀는 열심이니까요. "

그는 안절부절못하며 시계를 보았다. 4시 반이었다. 바깥에서 탕 하며 자동차의 도어 소리가 났다. 전화를 걸고서 겨우 20분 후이다. 나는 현관으로 나갔다. 그리고 그만 섬뜩했다. 옷깃을 세운 흰 양장의 소녀와도 같은 귀염성 있는 여성이 맑고 푸른 눈동자를 깜박이지도 않고 나를 응시했다. 웬지 몸집이 크고 살갗이 검붉은 여의사를 상상하고 있던 나로서는 그 세련된 옷맵시며 새하얀 매끈매끈한 살갗이며 소녀처럼 긴장된 눈빛이며 모든 게 예상 밖이었다.

초면의 인사를 끝내자 오카모토 미찌꼬는 곧 말했다.

"전 후미오상과 결혼할 수 없다면 살아 있을 수 없어요."

나는 놀라며 얼굴을 보았다. 여의사답지 않은 너무나도 이성이 결여된 말이었다. 순수한 사람인지도 모른다고 나는 부럽게도 생각했다.

"당신은 얼마만큼 들으셨는지 모르지만 노리오상의 양친께서는 저를 전혀 인정해 주시지를 않지요. 노리오상만이 저를 이해해 주시고 있어요. 노리오상의 부모님은, 제가 그보다 세 살 연상이라는 것이 우선 마음에 들지 않는 것이죠. 그리고 제가 여의사라는 것도 못마땅하신 것이죠. 쿠니무라 가문의 며느리는 직업 따위를 가진 여성이면 안 되는 모양이지요. 안 그래요, 노리오상. 그렇지요?"

앳된 모습과는 딴판으로 그녀는 달변이었다. 아니 그것이 그녀의 순정일지도 모른다.

"그렇지만 동생은 병이 있잖습니까. 부모로서는 그 애한테 몸도 약하니 결혼할 수 없다고 할 수 없어 눈앞에 없는 당신의 일만을 말하게 되는지도 모르지요."

그는 변명했지만 그녀는 불만인 것 같았다.

"저는요, 노리오상에겐 미안하지만 댁의 부모님이란 봉건적이라고 생각해요. 제가 만일 남성이고 후미오상이 여성이라면, 의외로 이 이야기는 성사되기 쉽다고 생각하죠.
부부란 경제상의 문제가 아니지요. 어느 쪽이 일하든 좋
은 거예요. 둘이서 먹고 살 수만 있다면. 네, 그렇게 생각
하지 않으세요?"

미찌꼬는 나에게 동의를 구했다.

"네, 나도 그렇게 생각해요. 왜냐 하면 개중에는 병든 남
편을 돌보며 일하는 아내도 많이 있는걸요 뭐."

부부의 관계는 경제력의 관계는 아니라고 말한 미찌꼬의
말에 나는 공감했다. 부부의 관계는 인격의 관계다.

"그러나 남자로서는…… 그것이 나쁘다고 할지도 모르지
만, 나도 여자에게 부양된다는 것은 싫어요."

그는 석연치가 않은 모양이었다. 나와 그녀는 그런 그에
게 그런 생각을 해서는 안된다고 항의를 했고, 항의를 함으
로써 서로 친밀감을 느꼈다.

"그런데 정작 본인인 후미오상의 심정은 어때요?"

내가 묻자 미찌꼬는 고개를 저었다.

"그것이 나로선 모르겠어요. 나와 둘이 있으면 나의 말에
고개는 끄덕이죠. 하지만 곧 부모님들 말을 듣는 거예요.
나는 아직 결혼할 자격이 없다면서. 하지만 금년 여름만
해도 거의 일어나 있었고 삿포로에도 두 번이나 갔다 왔지
요. 건강은 염려없다고 생각되는데……."

"아니, 사실을 말하면요, 우리 아버지와 어머니는 요컨대
자기들이 발견한 여성이 아니면 마음에 들지 않는다는 것
이죠. 나든 동생이든 아들이 발견하는 여성은 우선 실격
이에요."

우울한 얼굴이었다. 나는 이같은 이야기를 미우라에게 한
시라도 빨리 들려주고 싶다 생각하면서 끄떡이고 있었다.

# 7

드디어 기다리고 기다렸던 소운쿄로 떠나는 날이다. 그날은 금빛 햇살이 하늘에 넘치고 있는 듯한 맑은 가을 날씨였다.

오랜 병을 앓고 난 나로선 이른바 신혼여행을 하지 못했다. 이날은 내가 미우라의 출장지인 소운쿄로 가고, 이것을 두 사람의 신혼여행으로 하고자 생각했던 것이다. 그러니까 결혼 후 5개월만의 신혼여행인 셈이었다.

나는 새로 만든 노오란 V자 네크의 스웨터에 감색 스커트 차림이었다. 신혼여행복으로선 평범한 모습이었다. 흰 모자를 쓰고 멋진 양장에 예쁜 꽃다발을 든 세상의 신혼여행 신부 모습은 아니었지만, 나의 마음에는 감사와 감동의 꽃다발이 있었다.

카미까와(上川)까지 1시간 남짓 동안 나는 역에 마중나와 있어 줄 미우라를 생각하며 눈물마저 글썽이고 있었다.

나의 요양중, 미우라는 그 몇 번이나 소운쿄에 출장을 갔던 것일까. 그는 어디에 가든 나의 사진을 휴대했고,

"아야꼬, 언제고 함께 이곳에 오자고."

하며 언제나 속삭여 주었던 것이었다. 이 카미까와에의 길도, 미우라는 언제 나을지 모르는 나를 생각하며 얼마나 기도하면서 지나갔을까? 그렇게 생각하자 차창 너머로 보이는 황금색의 벼들도, 조금 붉게 물들기 시작한 산들도, 들에

서 있는 전주 하나하나에도 감사의 느낌으로 바라보지 않을
수 없었다.

　이윽고 기차는 카미까와에 도착했다. 미우라는 나를 보고
서 조금 수줍어했다. 그리고 서둘러 소운쿄행의 버스로 안
내해 주었다. 이때의 카미까와 역의 플랫폼에서 본 몇 그루
마가목의 열매가 너무나도 선명했음을 웬지 잊을 수가 없
다.

　이 신혼여행(?)은 「사랑하고 믿는 일」이라는 나의 수필집
에서 자세히 썼지만 중복을 꺼리지 않고 조금 써 둔다.

　나와 미우라는 카미까와에서 소운쿄까지의 40분 남짓을
어린이처럼 손을 꼬옥 잡고 있었다. 서로의 감동이 손끝을
통해 서로의 가슴에 남김없이 퍼지기나 하듯이 나는 한 순간
도 그의 손을 놓을 수가 없었던 것이다.

　마에카와 댁 방문의 장면에서 썼던 것처럼 나는 여기서도
보는 것 모두에 환성을 올렸다.

　"어머, 예쁘네요. 저기, 저 곳에 가득 있는 길쭉한 것, 저
　게 뭐죠?"

　"응, 저것은 속새야."

　"아, 정말. 저걸로 이를 닦으면 깨끗해진다고 해서 어렸을
　때 이를 닦은 적이 있어요."

　금방 또 나는 큰소리를 낸다.

　"엄청나네요! 커다란 잎사귀, 저건 뭐죠?"

　"저것은 감제풀."

　"응, 저것은?"

　"그것은 보통의 풀이 다만 우거져 있을 뿐이지."

　미우라는 하나하나 어린이에게라도 들려주듯이 대답해 주
었다. 이런 다정함은 지금에 이르기까지 변함이 없다. 어쨌

44

든 37세의 나와 35세이던 그의 신혼여행은 다른 사람으로선
엿볼 수 없는 감회가 간직되어 있는 것이다.

우리들은 소운쿄의 숙소에 도착했다. 숙소는 깨끗하고 조
용한 영림서의 휴양소였다. 당시 아침 저녁 식사 포함 일박
에 5백엔 정도가 아니었을까? 아담한 다다미방에 안내된
우리들은 먼저 무릎을 꿇고서 하나님께 기도했다. 미우라는
출장을 올 적마다 어느 날인가 이곳에 나를 동반하는 것을
기도하고 있었다. 그런 기도가 지금 이렇듯 들어주셨음을
진심으로 감사하며 기도해 주었다.

기도하고 난 두 사람의 눈은 눈물로 가득했다. 나는 장지
문을 열고 창문을 보았다. 창 밖에 느릅나무가 있었다. 질
것 같으면서 지지 않은 하나의 병든 잎만이 바람도 없는데
너풀너풀 연신 움직이고 있었다. 그 병든 잎사귀에서 나는
눈을 뗄 수가 없었다. 내 자신도 또한 질 듯싶으면서 지지
않은 병든 잎이었다. 꽤나 오랫동안 아슬아슬 가슴 죄는 듯
한 병세였지만 나는 이렇듯 재기할 수가 있었고, 결혼하여
소운쿄까지 올 수가 있었다. 오랫동안인 신의 은총, 미우라
며 부모님이며 남매며 친구와 친지들, 그리고 하늘의 부름
을 받은 마에카와 다다시며 니시무라 선생의 사랑을 나는 또
한 새로이 생각했던 것이다.

바람이 잔 저녁나절 조용해진 느릅나무를 우러르며 숙소
의 창문에 의지하는 아내. —— 미쯔요

우리들은 산책을 나갔다. 소운쿄의 단풍은 아직 철이 일
렀지만 애설산의 쿠로다케(검은 메)는 이미 아름답게 단풍으
로 물들어 있었다. 카메라도 없는 우리들은 사진사에게 쿠

로다케를 배경으로 하여 사진을 찍어 달라고 했다. 그리고 신혼여행의 기념으로 숙소 근처에서 조약돌을 주웠다. 가난한 우리들의, 하지만 감사로 넘친 신혼여행이었다.

나는 소운쿄에 도착하면 쿠니무라 노리오나 오카모토 미찌꼬의 내방을 미우라에게 말할 작정이었다. 그런데 너무나도 아름답고 너무나도 기쁨에 넘쳐 있어 그만 그들의 일을 깜박 잊고 있었다.

집에 돌아와서 쿠니무라의 어머니로부터 받은 부엌 세간을 보고서 비로소 나는 그것이 생각났다.

"아 참, 미안해요 미쯔요상. 노리오상이 어머니와 함께 방문을 해주셨어요. 그는 겨우 축복할 느낌이 들었나 봐요."

"호오, 그것 다행이군. 그러나 아야꼬, 누구도 축복해 주지 않는다 하여도 하나님만은 축복해 주시지."

그런 미우라의 말에 나는 섬뜩했다. 그렇다, 하나님은 우리들을 축복해 주시고 있다. 그것만으로서 충분하지가 않은가. 앞으로의 결혼생활에서 혹은 친구 모두가 우리들로부터 떠나가는 일이 절대로 없다고 말할 수 없을는지 모른다. 쓸데없는 오해를 받을지도 모른다. 욕을 먹을지도 모른다. 그러나 하나님만은 반드시 축복해 주고 계신 것이다. 사랑해 주고 계신 것이다. 그것이 믿는 자에게 내려 주시는 하나님의 새로운 약속인 것이다. 복음인 것이다. 나는 깊은 평안을 느꼈다. 나는 그와 같이 새삼 느꼈다.

"저 말이죠, 난 또 한 사람 친구가 생겼어요. 오카모토 미찌꼬라는 여의사인데, 아주 멋진 미인이에요."

"또 아야꼬의 멋진 미인 타령이 시작됐군."

미우라가 웃었다. 나의 눈에는 대개의 여성이 아름답게 보인다. 사소한 표정, 몸짓, 그 하나하나가 나로선 아름답게

보이는 것이다. 아름답게 보이는 것은 미(美)에 민감한 거라
고, 나는 지금도 조금 뽐내고 있다.

"하지만요, 미쯔요상. 그 오카모토 선생은 아사히까와에
서 드물 만큼 멋진 사람예요. 노리오상의 동생분 연인이
라나 봐요."

나는 그날의 일을 미우라에게 보고했다.

"콜택시로 달려왔지 뭐예요. 무척이나 직선적이죠. 그렇
지만요, 노리오군의 말로는, 그의 아버지 어머니는 요컨
대 아들이 발견한 여성은 누구건 못마땅하게 여기나 봐
요. 부모의 감정이란 이상해요."

"뭐, 모를 바도 아니지. 말하자면 교육적인 어머니는 어린
이의 장난감이나 책을 스스로 골라서 사준다. 어쨌든 자
기가 주는 것만이 최고라고 생각하는 부모의 사랑도 있는
거지."

"별로 고마운 사랑은 아니네요. 우리 아버지 같은 사람은
결혼 상대까지 나더러 고르게 하지 말라, 자기의 결혼 상
대도 스스로 고르지 못하는 딸로서 교육한 기억은 없다고
곧잘 말했어요."

사실인즉 나의 아버지도 어머니도 우리들에게 교육다운
교육은 하고 있지 않았다. 아무튼 열 명의 자식이 있었던 것
이다. 그 밖에 맡아 기른 아이가 있어 도저히 한 사람 한 사
람과 이야기할 겨를이 있을 까닭이 없었다. 그러나 때때로,

"자기의 결혼 상대도 고르지 못할 만큼 바보로 키우지는
않았다."

고 큰소리로 뽐내는 말을 듣게 되면 웬지 그대로라고 자기로
서도 자존심을 가졌으므로 이상한 일이었다.

"어쨌든 난 알았어요. 노리오상도 동생분도 여자 소문이

제법 화려하잖아요? 부모들이 승낙하지 않으니까 그만
차례로 나타나는 여성을 거절하는 것도 아니고 받아들이
는 것도 아닌 형태가 되고 마는 게 아니겠어요? 그리하여
그것이 또 여성들에 있어 하나의 매력으로 보이게 되는 거
죠.”
“과연! 모호한 것도 하나의 매력이 되는 일도 있으니까.”
나는 재차 그날의 일을 미우라에게 자세히 이야기했다.
오카모토 미찌꼬가 약속한 왕진의 시간이 되었다고 돌아
간 뒤에도 쿠니무라 노리오는 우물거리며 나의 집에 남아 있
었다.
“나의 동생은요…….”
바야흐로 어두워져 온 집안을 신경쓰면서 나는 전등을 켰
다. 불을 켜면 시간의 경과를 그가 깨닫게 되리라고 생각했
던 것이다. 하지만 그는 이야기를 계속했다. 나는 창문의 커
튼을 치지도 않고 현관의 문도 활짝 열어 두었다.
“나의 동생은요, 나로서도 이해못할 일면이 있지요. 이삼
년 전부터 어떤 미망인과 사귀고 있는데.”
“어머, 그것을 저 미찌꼬상이 알고 있어요?”
“그런 것 같아요. 그러니까 그녀는 오히려 저렇듯 열을 올
리고 있는 게 아닌가 생각되지요.”
“어머나! 동생분은 몇 살? 분명히 당신과는 한 살 터울
이었든가요. 그렇다면 벌써 스물여덟이네요. 스물여덟이
라면 훌륭한 어른이잖아요. 하는 짓이 좀 무책임하네요.”
나는 거침없이 말했다.
“나도 그렇게 생각해요. 미찌꼬상과 결혼하지 않을 셈이
라면 분명히 그렇게 말하면 될 것이고 결혼 의사가 있다면
그쪽을 거절하면 된다고요.”

"그럼은요. 그 미망인이란 몇 살이죠?"

"글쎄, 그것이 일곱 살 연상이라 했으니까 서른 다섯일까."

"무엇을 하고 있는 분이죠?"

"죽은 남편의 재산이 있는 모양이에요. 나는 잘 모르지만."

"아이들은?"

"있었지만 죽었대요. 동생녀석이 때때로 자러 가지요."

"어머나! 그것을 어머님이 알고 계세요?"

"물론 알고 있지요. 아버지도 어머니도."

"그러면서 반대하지 않아요?"

노리오는 복잡한 미소를 떠올리며 말했다.

"이상하다고 생각하겠지요, 아야꼬상. 어머니는요, 그 미망인과 동생은 결코 결혼은 않을 거라고 생각하므로 용서하고 있는 것이지요. 요컨대 귀여운 아들에게 생리의 배설구를 허용하고 있다고나 할까."

나는 모정의 불가해(不可解)함에 입이 다물어지지 않았다. 그러니까 에고인 것이다. 결국은 병든 아들을 결혼시켜 줄 수 없다는 부모의 체념이 가엾음으로 바뀌어 그와 같은 관계를 허용하고 있으리라.

"난 이해되지 않아요. 그럴 바에는 미찌꼬상과의 결혼을 승낙해 주면 좋지 않아요?"

"아니, 그것이 맞아요, 만에 하나 그런 일이 되면 미망인 쪽도 결혼하겠다며 대들 거라고 생각돼요. 그렇지 않아도 죽느니 사느니 하며 금방 소동을 일으키는 사람이니까요."

"그럼 그 사람과 결혼시키면?"

"우리 집 늙은이들은 과부와 자기 아들을 결혼시키든가 하지는 않아요."

"대체 뭐죠? 그렇다면 마치 체면이 첫째라는 것이잖아요. 댁에선 인간을 소중히 할 줄도 몰라요?"

노리오는 쓴웃음을 지었다.

"나는요, 아야꼬상에게 바른 말을 들으면 종기를 쨀 때처럼 아픔과 시원함을 동시에 느끼지요. 좀더 욕을 하세요."

나는 입을 다물었다.

"노리오상, 이제 당신은 돌아가세요. 다음에 미우라가 있을 때 천천히 놀다 가고."

"그렇군. 당신은 부인이었군요. 그럼 또 놀러올까요. 아야꼬상, 이번엔 동생을 만나 주었으면 하는데."

"내가 만나서 무엇을 해드리죠?"

그는 커다란 몸을 굽혀 구두끈을 매면서 말했다.

"나는 역시 동생이 천재라는 느낌이 들어요."

"천재적 시인이란 나하고 전연 인연이 없다고 생각해요."

"아니, 내가 말하고 싶은 것은요, 동생은 천재이지만 몸이 약하잖아요. 나을 듯이 보이면서도 좀처럼 낫지 않으니까, 자기의 몸에 절망하고 있는 것이지요. 그러니까 자포자기되든가 하고. 그녀석이 하고 있는 일, 나로선 알 것 같은 느낌이 드는 거예요. 당신조차도 나았는데, 그런 당신이 만나 주면 희망을 갖게 되지 않을까 생각되기에……."

그는 현관의 문에 기대며 나를 보았다.

"저, 노리오상. 지금 언뜻 생각했지만 당신의 동생분은요, 자기의 재능을 틀림없이 무겁다고 생각하고 있을 거예요. 우리들 평범인은 재능이 있으면 좋은 일이라고 생각하지

만 재능이 있는 사람에겐 그것이 괴로운 일이지요. 병따
위는 아마도 괴로움이 아니라고 생각돼요."

이미 완전히 어두워진 바깥을 보면서 나는 말했다.

"어쨌든 한번 만나 봐 주세요."

그는 그렇게 말하고 겨우 밖으로 나갔다. 내가 바깥까지
나가 배웅하고 있으려니까,

"좋은 밤이네요."

라는 이웃집 부인의 저녁 인사를 받았다. 인사를 받자 수상
쩍다는 듯이 말했다.

"부인, 저 분 동생이었나요? 낮부터 내내 계셨던 것 같은
데."

"아뇨, 동생이 아니에요. 내 친구죠."

태연히 나는 대답했다.

"주인은 집에 계세요?"

그녀는 여전히 탐색하듯이 말했다. 오늘부터 출장이라고
대답하자 그녀는 묘한 웃음을 띠고 가버렸다. 나는 그 일도
미우라에게 알렸다.

"어쩐지 기분 나빴지요. 하지만 역시 내가 나빴던 것이죠.
나는 이제 당신의 부인이니까 부인답게 하지 않으면 안되
겠지요."

나는 어쨌든 우리들 두 사람의 사이에 결코 비밀은 갖지
않으리라고 새삼스러이 마음으로 다짐했던 것이었다. 그것
은 체면을 위해서도 아니고 남의 눈이 두려워서도 아니다.
그때 미우라도 부부의 자세로서 부질없이 오해를 가져 와선
안된다고 조용히 타일러 주었다.

# 8

그 무렵 미우라의 양복을 세탁소에 맡긴 적이 있었다. 그런데 1주일이면 가져 온다고 했건만 보름이 지나도 세탁소에서는 와 주지를 않는다. 처음엔 작은 세탁소니까 점원이라도 그만둔 게 아닐까, 누군지 환자라도 생긴 게 아닐까 생각했다. 하지만 여전히 아무런 소식도 없다.

나는 약간 불안했다. 클리닝을 보낸 양복은 천도 고급이고 색깔도 참으로 품위가 있는 것이었다.

(어쩌면 다리미로 태워먹기라도 한 게 아닐까?)

그런 일이 있다면 큰일이다 싶었다. 미우라는 옷을 소중히 입는 사람이다. 밖에서 돌아오면 아무리 피로해도 곧 옷을 갈아입는다. 식사중에 조금이라도 국물을 엎지르면 곧 일어나서 물로 닦는다. 빵을 먹을 때도 다리를 옆으로 향해 빵부스러기가 바지에 떨어지지 않도록 조심하면서 먹는다.

나로선 절대로 흉내를 낼 수 없는 세심한 신경이다. 나로 말하자면 단벌인 나들이옷마저 입은 채 갈아입지도 않고 금방 다른 일을 하든가 피로하다고 금방 드러눕거나, 비록 벗었다 하여도 제대로 옷걸이에 거는 일따위는 좀처럼 않는다. 식사중에 간장이 스커트에 엎질러지건 블라우스에 묻건 도무지 깨닫지를 못한다. 지적받고서야 겨우 깨닫는 칠칠맞은 데가 있다.

미우라는 10년 전의 옷을 금년에 산 것처럼 입고 있지만 나는 금년에 산 옷을 10년 전의 옷처럼 입어 버린다.

그런 셈이라서 나는 차츰 미우라의 양복이 걱정되었다. 그리하여 마침내 맞은편 약방에 가서 전화를 걸었다. 전화를 받은 것은 아직도 어린 소년과 같은 점원의 목소리였다. 양복에 대해 물었더니,

"글쎄요, 주인이 안 계시니 모릅니다."

라고 무뚝뚝하게 말한다.

저녁 때가 되어 나는 다시 한번 전화를 하러 갔다. 이번에는 주인이 직접 전화를 받았다. 주인이라고는 하지만 아직 서른이 될까 말까 한 젊은 사내다. 양복을 빨리 가져다 달라고 했더니 상대는 순간 침묵했다.

"…… 죄송합니다. 찾아 뵙겠다, 뵙겠다 하면서요…… 실은 죄송하기 이를 데 없지만 댁의 양복을 도둑맞고 말았어요."

"넷, 도둑맞았다고요? 도둑맞았다니 언제요?"

나는 그만 그 곳이 남의 가게라는 것도 잊고 큰 목소리로 말했다.

"그것이 실은…… 우리 집 기술자가 훔쳐 갖고 달아났지요. 정말이지 죄송합니다."

"죄송하다고 해서…… 그렇다면 어째서 빨리 알려주지 않았죠?"

"네, 정말 죄송합니다."

나는 초조했다. 미우라가 가장 아끼고 있던 양복이 눈에 떠올랐다. 뭐라고 하면서 이것을 미우라에게 알리면 좋을까? 옷을 소중히 하는 미우라의 낙담이 생각되어 나는 바늘 방석에 앉아 있는 느낌이었다.

여느 때처럼 미우라가 "나 왔어" 하고 다정하니 말하며 들

어왔다. 세탁소에 보낸 양복이 도둑맞은 것을 알려야만 할
나는 용기있게 뛰어나갈 수가 없었다. 나는 결혼 이래 지금
에 이르기까지 미우라가 돌아왔을 때는 만사를 젖혀 놓고 현
관으로 뛰어나간다. 도마질을 하고 있건 찌개를 끓이고 있
건 쏜살같이 뛰어나간다. 생기있는 목소리로 "수고하셨어
요"라고 하면 기분이 좋을 거라고 생각하기 때문이다. 이것
은 내 벗의 가정을 본받은 것인데, 그 벗에 대해선 나중에
말하기로 하겠다.

그러나 그때만은 미우라의 얼굴을 차마 볼 수가 없었다.
나는 주저주저하며 현관으로 나갔다.

"돌아오셨어요. 피로하시지요."

"왜 그래? 기운이 없잖아."

넥타이를 풀면서 미우라가 걱정스레 말했다.

"네. 저, 미꼬상 죄송해요. 세탁소에 준 양복이 도난되었
다나요."

"호오, 누구에게?"

뜻밖이라 할 만큼 차분한 표정으로 미우라는 말했다.

"네. 저 말이죠, 점원이 훔쳐 갖고 달아났다나 봐요."

"그래. 그렇다면 세탁소에서 곤란을 받고 있겠군."

예상과는 달리 미우라는 별로 낙담한 기색이 없었다. 거
꾸로 세탁소에 동정마저 하고 있다. 이렇게 되면 우스운 일
로서 미우라가 성내지 않는 것이 나로선 못마땅했다.

"곤란받는 것은 세탁소보다 우리쪽이에요, 당신. 난 변상
해 달라고 말했지요. 하지만 그렇게 좋은 양복은 돌아오
지 않아요."

나는 처음부터의 경과를 미우라에게 이야기했다. 미우라
는 실내복으로 갈아입으면서 묵묵히 내 이야기를 듣고 있다

54

가 이렇게 말했다.

"바보군, 아야꼬. 그렇게 항의할 것까지 없었지. 잠자코 용서해 주어야 했어."

"네? 잠자코 용서하라뇨. 변상도 받지 않아요?"

"아야꼬, 변상이라니. 무리한 요구를 하지 말아요. 상대편은 조그마한 세탁소야. 양복을 변상하면 그 달은 끼니를 거르게 될지도 몰라."

"하지만 미꼬상. 도둑만 맞고 가만히 있어요? 나는 변상을 받고 말겠어요."

관용에도 정도가 있다고 오히려 미우라에게 화를 냈다.

"아야꼬, 아야꼬는 성경을 읽고 있는가?"

"네, 읽고 있어요."

"성경에 뭐라고 쓰여 있지? 용서해 주라고 쓰여 있지 않아, 알겠지 아야꼬. 용서한다는 것은 상대가 잘못을 저지른 때가 아니면 할 수 없는 일이지. 아무런 잘못도 없는데 용서해 줄 수는 없지 않아. 그러니까 용서해 주어요. 변상하라는 말은 결코 해선 안돼."

듣고 보니 나는 완전히 두 손 들었다. 딴은 그랬다. 상대가 과실을 범한 때가 아니면 우리들은 용서해 줄 수가 없는 것이다. 자기가 아끼고 있던 가장 마음에 든 양복을 도둑맞고도 상대편을 한마디도 책망하려 하지 않는 미우라에게, 나는 솔직히 말해서 당하지 못한다고 생각했던 것이다.

그리하여 나는 그때 용서한다는 말을 새삼스러이 생각했다. 신은 얼마나 고마운 남성을 나의 남편으로 정해 주셨던 것일까. 남을 용서하며 남을 받아들이는 일은 인간이 아무나 쉽게 할 수는 없는 일이다. 생각해 보니 결혼이라 하는 것도 두 사람의 인간이 상호간에 전면적으로 상대를 받아들이지 않는다면 성립되지 않는 게 아닌가. 미우라가 세탁소 주인의 과실을 한마디도 책망하지 않았던 것처럼 모든 것을 서로 용서하는 결혼생활이 아니면 안된다.

　과거 나에겐 마에카와 다다시와의 진실된 연애도 있었지만, 무책임한 이성과의 교제도 수없이 거치고 있었다. 그러한 모든 것을 알면서 미우라는 나와 결혼해 주었던 것이다. 아니, 그런 것들을 알고 있기에 미우라는 나와 결혼해 주었다고도 할 수 있다. 미우라는 아마도 과거의 모든 것을 받아들여 준 것처럼, 내가 앞으로 어떻게 산다 하여도 그것을 이해하고 용서함으로써 나를 바르게 이끌어 주리라. 결혼이란 서로 용서하는 것이라고 나는 새삼 곰곰이 생각했던 것이다.

　물론 미우라도 인간이다. 결점도 있다. 하지만 이때 주어진 감동은 나의 결혼생활에 있어 잊혀지지 않는 하나의 이정표가 되었던 것이다.

# 9

앞에서 잠깐 나온 나의 친구 K씨에 대해, 여기서 조금 써볼까 한다. 이 사람의 일은 소설로도 썼고 수필에도 쓴 적이 있다. 그만큼 나에게 강렬한 인상을 남기고 떠난 사람인 것이다.

K씨는 나와 동갑으로서 국민학교 교사시절 한솥의 밥을 먹은 동료였다. 언제나 젖어 있는 그 붉은 입술은 아기처럼 사랑스러웠고 허리가 잘록한 8자 모양의 몸은 아주 매력적이기도 했다. 그녀는 문장실력도 뛰어났고 음악의 재능도 있었다. 한 번 들은 노래는 악보 없이 올겐으로 고스란히 연주했다. 기타도 마찬가지였다.

그녀는 나하고 같은 집에 살고 있던 셈인데 부임할 때 그녀만이 1주일쯤 늦게서야 왔다. 우리들이 와자지껄 방을 청소하고 있으려니까, 그녀는 미닫이를 스르르 열고 들어와서,

"K예요, 잘 부탁합니다."

라고 미소지었다. 그리고 아직도 모두들 청소를 하고 있건만 벌렁 드러눕자 다리를 포개고서 하모니카를 부는 게 아닌가. 우리들은 놀라며 눈과 눈을 마주쳤고 이는 대체 어떠한 여자일까 반은 두려워하고 반은 흥미를 가졌던 것이었다. 그녀는 그때 분명히 〈이곳은 고국을 떠나 몇 천리인고〉(일본의 군가)라는 것을 노래했었다.

나중에 친해지고 나서,

"그때는 놀랐어."

라고 했더니 그녀는 나직히 웃으며 말했다.

"놀라게 해주려고 했는걸 뭐. 놀라지 않는다면 곤란하잖아."

그리고 또 말했다.

"아무리 신출나기라도 역에서 아득하니 5리나 걸어오고 나도 함께 청소하겠어요, 할 수는 없잖아. 지쳐 있었으니까 나는 벌렁 누웠던 거야. 그랬더니 하모니카를 불고 싶어졌다는 것뿐이지."

대체 그녀는 자기에게 정직했는지 부정직했는지 나로선 모른다. 그녀는 2년 뒤 화려한 연애 사건을 일으키고 퇴직하고 말았다. 서랍이 양쪽에 달린 커다란 책상도, 가져 온 재봉틀이며 침구며 책도 일체의 의류도 모두 놔둔 채 입었던 옷 하나만으로 더운 여름 한낮에 가버렸다. 짐은 나중에 가지러 온다고 했으면서 마침내 그대로 버려졌고, 그녀의 소식은 뚝 끊어졌다.

그런 그녀와 만난 것은 내가 결혼 후 N시에 갔을 때이다. 그녀는 뜻밖에도 훌륭한 집에 사는 가정주부가 되어 있었다. 나는 그 집에서 하룻밤을 잤었는데, 나는 지금껏 그렇게도 밝고 화기애애한 분위기의 가정은 본 일이 없다.

내가 지참한 케이크 상자를 곧 불단에 올리고서 종을 땡 하고 울리자 두 손을 모았다. 중학생과 고교생의 여자아이가 둘, 아무 것도 시키지 않았건만 적극적으로 청소를 하든가 식사 준비를 하든가 했다. 그녀도 물론 부지런히 일했다. 식후에는 기타를 치고 모두가 노래했다. 아이들은 각각 자기 방을 가졌고 벽에는 참으로 교묘한 남녀 배우의 초상화가 붙여져 있었다.

"누가 그렸나요?"

라고 물었더니 그것은 K씨가 그린 것이었다. 어머니가 딸을 위해 여배우의 스케치를 그려 준다, 절로 미소가 떠올랐다. 딸들은 자랑스럽게 말했다.

"우린 엄마와 통하지요."

그러고 보니 K씨는 나의 스케치를 그려 준 적이 있었다. 나는 그 그림을 지금도 가지고 있다. 취사 당번인 내가 취사하고 있을 때 스토브 옆에서 그녀가 끄적끄적 그린 것이었다. 그녀는 또 시도 지었다. 다재다능하면서 그녀는 결코 이른바 돌대가리의 현모는 아니었다.

식탁에 식기를 나를 때 딸이 그만 간장종지를 떨어뜨려 깨뜨렸다. 나는 나도 모르게 K씨의 얼굴을 살폈다. 눈썹 하나 까딱하지 않았다. 아무 말도 않았다. 다른 종지에 담아 갖고 그 딸이 가져 왔을 때,

"다치지는 않았니?"

하고 넌지시 물었을 뿐이다. 보통의 어머니라면 경망스럽다든가 조심하지 않기 때문이라든가 곧 잔소리를 할 판이다. 나는 나중에,

"용해."

하고 그 점을 말했지만,

"실패할 때는 누구라도 아차 하고 생각하는 법이지요. 아차, 잘못했다고 생각할 때 야단치면 이미 미안하다는 그런 생각은 어디론지 달아나 버리지요. 툴툴거려 보아야 아무런 소용이 없지요."

그녀는 그렇게 말하고서 웃으며 덧붙여 말했다.

"여자란 감정적이잖아요? 같은 실패를 하여도 어느 때는

성내든가 어느 때는 성내지 않든가 자기의 기분 나름이
죠. 그런 것은 교육상 좋지 않아요."
라고 그녀는 농담 비슷하니 말하며 웃었다. 그 너그러운 태
도, 용서하는 태도에 나는 혀를 내둘렀다.

그리고 또 한 가지, 내가 이 집에 일박하면서 감명받은 일
이 있다. 그것은 남편에 대한 K씨의 태도이다. K씨의 남편
은 건구상(建具商)으로서 바로 뒤꼍에 목공소가 있었다. 따
라서 남편은 하루에도 몇 번씩 들락날락한다. 지금 들어왔
다 싶자 곧 나간다. 그때마다 그녀는 종종걸음으로 현관에
나가 맞았고, 또 현관까지 배웅했다. 보고 있는 내쪽이 피로
할 정도인데 그녀는 참으로 부지런히 마중했다.

"귀찮지 않아요?"
라고 내가 물었더니, 그녀는 말했다.

"귀찮기도 하지만 마중하고 배웅하면 저쪽은 기쁠 게 아
니겠어요? 그러니까 현관까지 나가는 거예요."
또 이렇게도 말했다.

"주부의 소임은 인간관계를 정리하고 가정을 살기 좋게
하는 게 아니겠어요. 솔직히 말해서 난 아이들에게도 남
편에게도 화끈해질 만큼 뜨거운 열정은 없어요. 트러블을
일으키는게 귀찮으니까 잔소리를 않는다는 것이죠. 요컨
대 귀찮은 거예요."
나는 이 말을 그녀의 겸손이라고 생각했다.

그런데 그날 밤, 그녀는 자기에게 연인이 세 사람 있다고
뜻밖의 말을 했다. 연인이라기보다 샛서방이라고 했다. 나
는 웃으면서 곧이듣지를 않았다.

하지만 그로부터 1년도 지나기 전에 그녀는 이웃집 고교
생에게 칼로 찔려 죽었다. 고교생은 그녀와 육체 관계가 있

었다. 다른 사내와의 정사를 알고서 한 질투의 범행이었다. 이런 놀랄 만한 죽음을 나로선 금방 믿을 수가 없었다. 너무나도 뜻밖인 일이었다.

저 밝고 화기에 넘친 분위기 밑바닥에 이렇게도 검은 사실이 숨겨 있다고 대체 누가 상상이나 했겠는가. 그녀가 그렇게도 남편에게 싹싹하고 아이들에게 너그러웠던 것은 자기가 저지르고 있는 죄에 대한 자격지심에 지나지 않았던 것일까? 죄의식이 남을 책망하는 심정을 잃게 만들었던 것일까? 그것은 곧 그녀가 그녀 나름으로 고민하며 살고 있었다는 것일까?

(자기로선 도저히 남을 나무랄 자격이 없다.)

는 생각에 그녀는 일관되고 있던 것일까?

'너희들 중에서 죄없는 자가 먼저 이 여자에게 돌을 던져라.'

성경에서 그리스도는 이렇게 말씀하셨다. 간음의 현장에서 붙잡힌 여인을 사람들이 예수님 앞에 끌고 왔을 때의 말씀이다. 당시 유다에선 간통한 자는 돌로 쳐죽이라는 율법이 있었던 것이다.

그러나 예수님의 이런 말씀을 듣고 사람들은 하나 둘 꽁무니를 빼고 마침내는 전부 가버렸다고 한다.

정말로 자기를 죄있는 자라고 생각한다면 남을 제재하지는 못한다. 나무랄 수가 없다. 아마도 그녀는 그와 같은 심정으로 아이들에게 관용했던 것이리라.

그러나 한 가지 아쉬운 것은 그런 어둔 생활에서 벗어나려 하지 않고 더욱더 깊은 수렁에 빠졌다는 점이다. 그녀가 아무리 좋은 아내, 좋은 어머니로 행동해 왔다 하여도 사실을 안 남편이나 아이는 단번에 나락으로 떨어지고 암흑의 세계에서 고뇌한다는 것이 되고 말았으리라.

　나는 '용서'의 문제를 생각할 때 미우라의 클리닝 사건
(?)과 K 씨의 일을 돌이켜 보지 않을 수 없다.

# *10*

　이슬비가 싸락눈으로 바뀌는 게 아닌가 싶은 10월의 추운 오후였다. 나는 미우라의 머리맡에서 발의 아플리케에 눈과 입을 달고 있었다. 요양중일 때부터 해 온 나의 가정 부업이다. 내가 디자인한 발을 제작해 주는 사람이 몇 사람인가 있고 완성되면 나의 집에 가져 온다. 그런 발에 눈을 붙이든가 이름을 써넣든가 하는 것이다. 붓으로 희게 '노보리베쓰(登別)'니 '토야호(洞爺湖)'니 하고 쓴다. 토야호라고 쓴 것은 토야호로 가고, 노보리베쓰라고 쓴 것은 노보리베쓰로 보내진다. 그러나 제작지는 아사히까와이다. 나는 조금 꺼림칙한 느낌을 가지면서 그날의 발의 인형에 눈을 달고 있었다.

　"미쯔요상, 몸은 어때요?"

　미우라는 그 무렵 피로가 겹쳤기 때문인지 미열과 식은 땀, 게다가 숨이 찬 증세도 동반하게 되어 잠시 정양을 하기로 하고 집에서 누워 있었다.

　"응, 오늘은 괜찮아."

　그는 아라라기를 읽으면서 대답했다. 미우라에겐 콩팥이 하나 밖에 없다. 만일 하나인 콩팥이 침범되고 말면 죽게 된다. 나는 문득 불안해져,

　"오래 살아요, 네? 미쯔요상."

하고 말했다. 미우라는 희미하게 웃음지으며,

　"염려 없어."

라고 대답했다. 얼마쯤 있다가 그는 나에게 종이쪽지를 건
넸다.

"뭐죠?"

보니까 노래가 쓰여져 있었다.

인형에 눈을 붙이고 있는 손을 멈추며 누운 나에게 오래
살라고 한다.


"좋은 노래네요, 미꼬상."

애수가 있고 애감(哀感)도 있는 노래라고 나는 생각했다.
그러나 이것이 만일 미우라가 병으로 움직일 수 없게 되고
나의 부업으로써 먹고 사는 것이라고 한다면, 노래는 더욱
절실한 것이 되리라. 그런 일이 되지 않게 해주소서, 나는
밭일을 계속하면서 생각했다.

현관에서 누군지 여자의 목소리가 났다. 나가 보았더니
흰 옷깃의 양장을 한 여의사 오카모토 미찌꼬가 조금 수줍은
듯이 웃으며 서 있었다.

"폐를 끼쳐도 괜찮을까요?"

"네. 단칸이고 미우라도 누워 있어 누추하기는 하지만."

"어머, 주인께서 편찮으세요?"

그녀는 나보다 앞장 서서 방으로 들어갔다. 그것은 자못
환자집의 왕진에 익숙한 여의사다운 주저없는 태도였다.

미우라는 놀라 침구 위에 일어나 앉았다. 그야말로 진열
장에 장식해 둔 등신대(等身大)의 인형이라도 들어왔다고 생
각했던 게 아닐까.

"왜, 제가 말한 여의사이신 오카모토 미찌꼬상이에요."

초면의 인사를 나누자 그녀는 말했다.

"닮았네요. 마에카와상과 닮았어요."

나는 놀라며 그녀를 보았다.

"어머, 마에카와상을 알고 계세요? 마에카와상이란 다다
시상을 말하는 것이겠죠?"

그랬더니 그녀쪽이 놀랐다.

"어머, 마에카와 다다시상을 알고 계세요? 그 사람, 아까
운 분이었죠. 잠깐만요. 그럼 주인께서 마에카와상의 친
척?"

전혀 남남이라 듣고서 그녀는 곰곰이 미우라의 얼굴을 보
았다. 그리고 부드럽게 말했다.

"어디가 어떻게 아프세요?"

스토브가 있는 방에 침구를 깔았을 뿐으로 꽉 찬 조그만
우리들의 방 같은 것은 그녀의 안중에는 없는 듯했다. 미열
과 식은땀이 난다고 말하자,

"설마 TB(폐결핵)는 아닐 테죠? 어느 분에게 진찰받으셨
어요?"

"네, 누마사키 선생에게."

"아, 그분은 좋으신 분이죠. 친절하고."

"그래요. 어딘지 그 선생의 얼굴을 보기만 하여도 병이 나
을 것 같지요."

공통인 친지가 몇 명 있을 뿐으로서 이상한 친밀감이 생기
는 법이다.

"안심했어요, 당신의 주인을 뵙고서. 어딘지 다다시상과
만나고 있는 것 같아요. 난 완전히 스스럼이 없게 되었어
요."

그녀는 마에카와 다다시의 친구인 의사 동료를 통해 몇 번
인가 그를 만난 적이 있는 모양이다.

"저, 노리오상의 말로는 아야꼬상이 무엇이든 얘기를 들

어줄 분이라고 해서 찾아왔어요."

"듣기만 할 뿐이에요. 의논 상대는 될 수 없을지도 몰라
요."

"들어주시기만 해도 좋아요. 전 노리오상의 동생과 결혼
하지 못하면 살아 있을 수 없다고 요전번에 말했어요."

"네."

"어쩐지 그렇게 될 것 같아요. 요전에 그 사람이 사귀고
있는 미망인이 우리 집에 찾아왔죠. 후미오상에게서 물러
나라는 것이었어요. 난 그럴 수 없다고 했지요. 그랬더니
그녀는 이런 말을 하지 않겠어요. 후미오상이 말했다나
요. 오카모토 미찌꼬는 내 재능을 죽이는 여자라고. 당신
그래도 후미오 상 옆에 붙어 있을 셈이에요라고 말하지 뭐
예요. 난 그 말을 듣고 헤어지지 않으면 안되겠다 싶었지
요."

그녀는 몹시 골똘하는 눈빛이 되었다. 요전과 똑같은 눈
이다. 사랑은 사람을 장님으로 만든다고 했지만, 나는 그녀
가 얼핏 보아 지적인 용모를 갖고 있으면서도 어딘지 균형이
삐딱해진 인격으로 보였다.

"난 요즘 환청(幻聽)을 듣곤 해요."

나는 섬뜩하여 그녀를 보았고 미우라를 보았다.

환청이 들린다고 말한 여의사인 오카모토 미찌꼬의 말이
나를 무섭게 만들었다. 저 유명한 다카무라 미쯔타로(유명한
조각가 ; 〈智惠子抄〉라는 작품이 있음)의 아내인 지에꼬(智惠子)
는 정신분열증이었는데 그녀에겐 환청이 있었다. 환청이라
면 곧 정신분열증이라고 나는 즉시 연관시켜 생각하게끔 되
어 있었다.

내 자신 한 번 환청이 있었고, 환각은 몇 번이나 있었다.

친구인 의사 무라야마 야스노리가 그런 나의 병상을 염려하고 자기가 근무하는 대학병원 정신과에 나를 소개해 준 적이 있었다. 뇌파의 측정이며 그 밖의 검사 결과 나는 별다른 증상이 없다고 진단되었지만, 그런 경험이 정신병에 대해 나를 예민하게 만들고 있던 것이었다.

"환청이라뇨, 어떤 말이 들리는데요?"

나는 실례라고 생각했지만 묻지 않을 수 없었다.

"나를…… 정신분열증이라고 생각해요?"

오카모토 미찌꼬의 또렷한 귀염성 있는 눈이 별안간 유리 알처럼 빛을 잃었다. 그녀는 대답이 되지 않는 대답을 하고 있다는 것도 깨닫지 못하는 모양이었다.

"당신은 후미오상과 헤어질 결심이군요."

"헤어지고 싶지는 않지만 할 수 없잖아요. 그 사람이 미찌꼬는 나의 재능을 죽이는 여자라고 그 미망인에게 말했다고 하는걸요 뭐. 후미오상에게 그런 소리를 들으면 헤어질 밖에 도리가 없지요."

"하지만 당신은 후미오상과 결혼 못하면 살 수 없다고 하셨잖아요. 그러니까 그것은…… 죽는다는 게 아녜요?"

"그렇게 되네요."

그녀는 아무렇지도 않은 듯이 말하고 누워 있는 미우라에게 미소지었다. 미우라는 난처한 듯이 시선을 피하고 무언가 생각하는 표정이 되었다.

"미찌꼬상, 당신은 후미오상에게 재능을 죽이는 여자라고 직접 말을 들은 셈도 아니잖아요?"

나는 차를 갈아 주면서 좀 짜증스럽게 말했다.

"후미오상은 그런 말 하지 않아요. 당신만이 나의 희망이라고 말해 주지요."

미찌꼬는 가방에서 청진기를 꺼내어 다다미 위에 놓았다.
"그럼 아무 것도 불만이 없지 않아요. 후미오상의 말을 믿
고 있으면 되잖아요."
"아야꼬상은 그렇게 생각해요?"
"그리 생각하냐고요, 그렇게 생각할 밖에 없지 않아요. 라
이벌의 말쪽이 미찌꼬상으로선 더 믿어져요?"
"그래요. 후미오상이 내 눈앞에서 한 말쪽이 나로선 거짓
말로 생각돼요. 인간의 말은 뒤쪽에서 한 말일수록 진실
이라고 생각해요."
"답답하네요, 미찌꼬상. 그 미망인인가 하는 사람은 후미
오상이 했는지 안했는지 모를 말을 한 데 지나지 않은 거
예요."
"아아뇨, 틀려요. 후미오상은 틀림없이 내가 재능을 고갈
시킨다고 생각할 거예요. 그 사람의 시는 아주 훌륭해요.
그 사람의 시는 이 세상에 남아야만 할 것이죠. 그런 재능
을 내가 죽이고 있는 거예요. 난 그런 여자예요."
그녀는 완강히 우겼다.
"미찌꼬상을 만나니까 시가 나오는 게 아닐까요?"
"거짓말이에요. 나를 만나고서부터 그 사람의 시는 점점
나빠지고 있어요."
그녀는 어쩐지 신들린 것만 같은, 뭐라 표현키 어려운 표
정이 되었다.
"미찌꼬상, 내 생각이 잘못된 것이라면 용서해 줘요. 당신
은 기묘한 매저키스트예요. 자기는 후미오상 같은 천재라
도 말려 죽이는 여자라고 자부하고 싶은 것이겠죠?"
순간 미찌꼬의 얼굴이 굳어졌다. 한쪽 볼이 경련했다.
"아야꼬상은 무서운 사람이네요. 무척 잔혹한 사람……

하지만…… 그 말이 정말일지도 모르죠."

그리고 그녀는 미우라의 머리맡에 있는 삼면경 앞에 가서 거울 속의 자기 얼굴을 말끄러미 응시하기 시작했다. 눈도 깜박이지 않는다. 입도 열지 않는다. 그런 미찌꼬를 나와 미우라는 불안스레 바라보며 웬지 한숨이 나왔다.

어둠침침해진 방에 나는 불을 켜고 저녁식사 준비를 하기 위해 부엌으로 갔다. 전기 밥솥에 스위치를 넣고 생선조림 준비를 하고 방에 돌아왔지만, 미찌꼬는 아직도 꼼짝하지 않고서 거울 속의 자기를 응시하고 있었다.

"무엇을 하고 계세요, 미찌꼬상."

그녀는 대답도 않는다.

"왜 그래요?"

나는 거울 앞에 가서 그녀와 나란히 앉았다.

"난 미인이네요, 아야꼬상."

"물론 미인이죠. 섬뜩할 만큼의 미인이에요."

"미인이 실연할까?"

그런 말을 들었을 때 나는 비로소 이 오카모토 미찌꼬에게 우정과 같은 것을 느꼈다. 그녀와 만난 것은 오늘이 두번째이다. 그녀는 기묘하게도 스스럼없는 데가 있고 완강하기도 하며 또한 초점이 맞지 않는 마음을 가지고 있었다. 그리하여 지성적 직업의 여성답지 않게 놀랄 만큼 소박하고 동녀 (童女)와 같은 일면도 있었다. 언밸런스한 정신구조가 호기심이 강한 나의 마음을 끌었다.

하지만 지금 '미인도 실연하는 일이 있을까'라고 한 말은 눈물이 나올 만큼 가련한 그녀의 여심(女心)을 느끼게 만들었다. 거리낌 없이 자기는 미인이다 하는 말도 나에겐 교만하게 들리지 않고 가냘픈 나신(裸身)을 보는 것만 같은 슬픔을 느끼게 했다.

"네, 이렇듯 나란히 보니까 아야꼬상쪽은 조금도 미인이
아니네요. 그렇건만 아야꼬상은 어째서 행복하지요?"

나는 쓴웃음지었다.

"미찌꼬상, 실연을 했다고 지레짐작할 것은 없어요. 직접
당신어 후미오상에게 물어 보세요. 그 여자가 이러이러한
말을 말했는데 정말이냐고."

"정말이라고 할 까닭이 없지요. 후미오상은 다정한 사람
이에요. 그 사람은 자기 입으로 사람의 마음에 상처 주는
말을 직접 대놓고 할 수 없는 사람이죠. 저 아야꼬상, 한
번 후미오상을 만나 주어요."

"당신은 어째서 사람을 중간에 넣고 싶어하지요? 직접
부딪치는 게 좋아요. 나라면 미우라와 나 사이에 누군가
를 넣고 싶다는 생각은 하지 않아요."

"강한 때문이죠, 당신은. 나로선 판단이 되지 않는 거예
요. 나는 매일처럼 그 사람에게 사랑받고 있다. 아냐, 나
를 싫어하고 있어. 아냐 좋아해. 아냐 싫어해…… 그런 것
만 생각하게 돼요."

괘종 시계가 5시를 알렸다. 그러자 그녀는 벌떡 일어서
서,

"몸조리하세요. 내가 왕진을 잊고 있었어요."

라며 방을 나갔는데, 구두를 신으면서 왕진 가방을 열고는,

"이것, 미우라상에게 드려요."

하면서 포장된 작은 물건을 내밀었다. 내가 영문을 몰라하
는 얼굴을 하자,

"후미오상에게 주려고 산 라이터예요. 하지만 미우라상에
게 주고 싶어졌어요."

"고마워요. 하지만 미우라는 담배를 피우지 않아요."

"괜찮아요. 방을 캄캄하게 한 뒤 이 라이터를 찰깍 켜고 둘이서 지그시 얼굴을 보고 있으면 되죠."

그녀는 그렇게 말했다싶자 저녁 어스름 속에 성큼 몸을 나부끼듯이 뛰어나갔다.

방에 돌아오자 다다미 위에 그녀의 청진기가 놓여져 있었다. 나는 그것을 가지고 그녀의 뒤를 쫓아갔지만 차라도 잡아탔는지, 그녀의 모습은 어디에도 보이지 않았다.

"그 사람이 여의사인가. 묘하게도 슬픈 사람이군."

미우라가 누운 채 불쑥 한마디 했다. 부엌에서 생선 조림의 냄새가 방안까지 풍겨 왔다.

# *11*

미우라는 석 달 정양이 필요하다는 진단으로서 연내는 쉬기로 정해져 있었다. 나는 악처로서 미우라의 결근을 기뻐하고 있었다. 내 자신 13년이나 베드 생활을 한 탓인지 미열이 나고 식은땀을 흘려 가며 출근하는 미우라를 차마 볼 수가 없었던 것이다. 때로는 나도 미우라와 베개를 나란히 하고 안정을 취하는 날도 있었다. 그러나 미우라가 결근하고 있어도 결코 침침하고 어둔 공기는 아니었다. 이런 저런 이야기를 나눌 수 있는 시간이 주어진 것만 같은 그런 평안마저 나는 느끼고 있었다. 우리는 곧잘 단까의 비평을 나누든가 했다. 그 무렵의 노래 원고를 펴 보면 이런 노래가 남아 있다.

——앓고 있는 나의 손을 잡고서 잠든 임의 얼굴도 다정타 싶어진다.

——앓고 있는 임의 곁에 앉아 생각하는 일이란 임도 모르실 지난날의 내 일.

——병중의 임을 혼자 남기고서 한낮의 거리로 나간다. 바람에 밀리면서.

──둘 다 짧은 수명이라 생각하자 임의 얼굴을 두 팔로 끌어안고 입맞추네.

──팔려 간 말이 길에서 죽었노라고 하는 임의 어린 날 추억이여, 다정하노라.

──방안을 오고 갈 적마다 안아 주는 임이여, 오늘은 임도 쓸쓸한가.

미우라는 미우라대로 아래와 같은 단까를 짓고 있다.

──아침 기도를 잠자리에서 끝냈을 때 새들은 짧게 지저귀네.

──둑 너머의 마카로니 공장을 잠시 보고서 다리 중간에서 걸음을 되돌린다.

──자전거 탄 사내에게 고삐 끌려가는 말이 얼굴을 번쩍 쳐드네.

──아침부터 피로를 호소한 아내가 비 뿌리는 낮 점심을 마련한다.

──장대 아래로 어둡게 물방울이 몇 개 굴러떨어질 적마다 반짝임은 쓸쓸하여라.

──몸져 누운 내 이마를 짚어 보는 뜨거운 아내의 손,

오늘 저녁 유난히 비늣내가 나네.

——조용히 들으니 눈물이 나오네. 아내가 말하는 마에카
와 다다시와의 과거.

이렇듯 노래를 다시 읽어 보면 조용한 단둘만의 생활이었
던 것처럼 생각된다. 하지만 매일이 꼭 두 사람만의 생활은
아니었다. 피로하기 쉬운 나를 위해 크리스찬 친구인 미야
고시 아야꼬상이며 미우라의 누이동생이 때때로 도와주러
왔었다. 특히 미우라의 누이 세이꼬(誠子)상은 그 이름처럼
성심성의껏 잘 도와주었다. 빨래를 하든가 청소를 하든가
어느 때는 반찬을 가져 와 주었다. 자기 자신 가정을 갖고
두 아이의 치다꺼리를 하면서 자전거로 달려와 주는 것이
다. 이 시누이는 그 뒤 지금에 이르기까지 꽤나 신세를 졌다
고 생각한다.
이 시누이가 두 살도 되기 전에 미우라의 아버지가 결핵으
로 돌아가셨다. 미우라가 세 살, 미우라의 형님이 여덟 살이
던 초겨울이었다. 미우라의 어머니는 이런 3남매를 친척집
에 맡기고 직장을 구하러 먼 고장으로 떠났다. 미우라는 '시
시도'라는 외조부 집에, 형과 누이는 아버지쪽 친척집에 각
각 맡겨졌고 자랐던 것이다.
미우라가 국민학교에 다니게 되자,
"넌 어째서 미우라이지? 시시도의 집에 있잖아?"
하고 친구들이 물을 적마다 슬펐다고 한다. 또 어머니가 누
군가로부터 얻은 여자아이 외투를 미우라에게 보내 왔을
때, 그것을 입는 것이 아무래도 부끄러웠다고 한다.
미우라의 누이인 세이꼬상만 하여도 언제고 어린 오빠가

머리를 깎아 주었다고 한다. 오빠는 본디 손재주가 있었다. 하지만 10세 안팎의 소년이 누구한테도 배우지 않고 바느질용 가위로 어린 누이동생의 머리를 잘라 가지런히 해준다는 것은 쉬운 노릇이 아니었으리라. 언제나 들쭉날쭉한 머리를 하고 있었다는 말을 듣고서 나는 몇 번이나 가슴이 뜨거워지는 것을 느꼈다.

나는 결코 넉넉한 집에서 자란 셈은 아니지만, 부모도 있고 남매도 10명이나 있는 집에서 떠들썩하니 자랐다. 그런 나로서는 상상할 수도 없는 괴로움을 미우라의 남매는 맛보았던 것이다.

이런 시누이가 어느 날 나에게 이런 말을 했다.

"언니, 나는요, 무슨 일이 있어도 비뚤어지지 않게 살아왔지요."

나는 그 말에 몹시 감동하고 뒷날 소설 〈빙점〉을 썼을 때, 주인공 보꼬의 입을 빌려 말하게 했던 것이다.

그 밖에 병문안객도 많았다. 직장의 상사나 동료, 교회의 나카지마 마사아끼 목사를 비롯하여 성도들, 그리고 교회학교에서 미우라가 담당하던 학생들.

그중에서도 잊을 수 없는 것은 내가 전에 소속했던 교회의 다케노우찌 아쓰시 목사의 병문안이었다. 다케노우찌 목사는 나의 긴 요양생활을 보고 있었으므로, 펌프질을 하려고 하자 곧 부엌으로 달려와서 물을 길어 주시든가, 두 사람이 베개도 나란히 누워 있으면,

"야단났군요."

하고 자전거로 집까지 급히 돌아가서 부인이 만 초밥 등을 저녁식사로 가져다 주시든가 했다.

약한 우리들이 가정을 가졌다는 것은 많은 사람에게 갖가

지의 무거운 짐을 지게 한 것이기도 했다는 느낌이 든다. 인
간은 어떠한 사람이든 결코 혼자선 살아갈 수 없는 법이다.

그 무렵 내 집에 새로운 벗이 주어졌다. 그것은 재판소에
근무하는 M씨였다. 야윈 타입의 눈이 검고 이마가 훤한 청
년이었다. 이 사람은 직장이 우리 집과 가까운 곳에 있었으
므로 1주일에 두세 번은 찾아왔다. 범죄에 관련이 있는 일
을 하고 있어 신경을 쓰는 일이 어지간히 많았던 것 같다.
미우라의 얼굴을 보면 그런 신경이 편안해진다고 말하곤 했
었다.

이 사람은 역(易)에 흥미를 가지고 있었는데, 당시는 특히
성명 판단에 관심이 있었던 모양이었다. M씨는 나의 이름
에 대해 이렇게 말했다.

"부인, 당신의 이름은 문필가로서 성공할 이름이에요."

갓 알게 되었을 참이라서 내가 소설을 읽는 것을 좋아하는
지 어떤지도 그는 모를 터이었다. 게다가 나는 아직 소설을
쓸 생각도 없었으므로 별로 마음에 두지도 않았다. 아마 그
자신도 별로 대수롭지 않은 것이었으리라. 그가 신경쓴 것
은 실인즉 미우라의 이름쪽이었다.

"주인의 이름을 바꾸시는 게 어떻겠습니까? 이런 이름의
소유자는 평생 병골이지요. 이름을 바꾸면 틀림없이 건강
해집니다."

그는 정말로 이 점을 걱정해 주었다. 그러나 우리들에게
는 있는 둥 마는 둥 하나마 그런대로의 신앙이 있다. 점에
의지하는 일은 신에게 의지 않는 것이 된다. 그 호의에는 감
사했지만 개명할 생각은 없었다.

하지만 그는 몇 번이고 찾아올 적마다 열심히 개명을 전했
다. 보통의 사람이라면 이렇듯 권유를 받아들이지 않는 인

간따위 고집불통이라며 욕했을지도 모른다. 하지만 그는 참
으로 겸손하게, 그러나 열심히 하루라도 빨리 개명하라고
권했다.

그는 소년 시절 일력에다 좋은 일이 있었던 날은 ○표, 나
쁜 일이 있었던 날은 ✕표를 하여 기록을 내고 좋은 일이
일어나는 날과 나쁜 일이 일어나는 날이 어떤 일정한 날수를
두고서 돌아오는 것을 깨달았으며, 역에 흥미를 갖기 시작
했다고 한다. 사람은 저마다의 장기(長技)가 있고 재능이 있
다. 그는 다재다능한 사람이었는데 아마 그런 면에 있어서
도 뛰어났으리라.

어느 날 미우라가 아래와 같이 말하고 자기의 심정을 그에
게 설명했다.

"나는 요전부터 여러 가지로 생각해 보았지요. 모처럼 친
절히 전해 주셨는데 죄송합니다. 역시 이름은 바꾸고 싶
지 않아요. 물론 인간의 생활에 작용하는 것은 여러 가지
있다고 생각합니다. 이름도 그 하나일지 모르지만요. 실
제로 난 어렸을 적부터 나의 이름이 싫어 견딜 수가 없었
습니다. 미쯔요라는 이름이라서 곧잘 여자로 잘못 알게
되어, 역시 콤플렉스를 느꼈지요."

만일 미쯔오(光夫)라는 이름이었다면 느끼지 않아도 되었
을 갖가지의 불쾌감이나 열등감은 아마 없었을 게 분명하
다. 그것만으로도 성격 형성에 무언가의 영향을 준 것은 확
실하리라고 미우라는 말했다. 그러나 이름에 의해 가령 병
약했다 하더라도 병약은 반드시 마이너스만은 아니었다고
미우라는 말했다.

"M씨, 제가 만일 병도 앓지 않고 건강한 몸이었다면 나
같은 인간은 아마도 내 자신의 힘만 믿고서 전능의 신을

믿는다는 것을 할 수 없었다고 생각해요."

"물론 그 말 뜻은 압니다. 그러나 앞으로의 문제로서 이름을 바꿈으로써 건강해진다면 신앙적으로도 더욱 활동할 수 있다고 생각됩니다만, 어떨까요? 신앙적으로 결코 모순은 되지 않찮습니까?"

그는 어떻게든지 미우라를 설득하려고 했다. 하지만 미우라는 여전히 이름을 바꾼다고는 하지 않았다. 신자에게 있어 가장 중요한 일은 전지전능한 신을 믿는 일이었다. 행복은 반드시 건강에만 있는 것은 아니다. 성경에는 '너희는 다만 그리스도를 위해 그를 믿는 것만이 아니고 그를 위해 고통받는 것도 주어지고 있다'고 미우라가 말했을 때 M 씨는 말했다.

"정말 감탄했습니다. 확실히 역(易)학적으로 나쁜 일이라도 신앙은 그러한 것을 극복한다고 하니까요."

그는 자기의 열성어린 권유를 받아들이지 않은 미우라에게 그렇게 말하며 감탄했다. 그런 일이 있어 그는 더욱더 우리들의 가정과 친밀해졌다. 그 태도에 감동되어 우리들도 지금에 이르기까지 그를 좋은 벗으로서 교제를 부탁하고 있는 것이다.

# *12*

나는 결혼하여 얼마 동안은 생각난 것처럼 가계부를 적고 있었다. 그렇다고는 하나 본디 사무적 능력이 없는 나인 만큼 매우 엉성한 것이었다. 대학노트에 줄을 치고 항목을 썼으며, 그 형식도 내딴엔 여러 가지로 궁리를 했다. 아니, 궁리니 하는 따위의 것이라고 할 수 없을지 모른다. 마음내키는 대로 항목을 늘리든가 줄이든가 하고 있었던 데 지나지 않았다.

당시의 수입은 순수입 2만엔 안팎이었다. 그것에 나의 '발' 제작 부업에서 떨어지는 돈이 얼마쯤 있었던 모양인데, 이 3등 주부는 그런 부업의 수입을 가계부에 한 번도 기입하고 있지 않았다. 그러므로 얼마나 불완전한 가계부인지, 얼마나 뒤떨어지는 주부인지 상상되고도 남음이 있으리라고 생각한다. 아무튼 칠칠맞은 인간으로서, 특히 금전에 관해서는 허술했다.

"가지 두 개, 무 하나, 오이 한 개 주세요. 모두 해서 얼마죠?"

하며 장보기를 했다. 가지 하나가 얼마이고 오이 하나가 얼마인지 몰라도 좋았던 모양이다. 이것이 탈이 되어 뒷날 구멍가게를 시작했을 때는 아주 혼이 났다. 마요네즈 소스의 값도, 치즈의 값도 나는 몰랐다. 오히려 손님쪽이 잘 알고 있었다. 그런 까닭이라 나의 가계부는 지금 펼쳐 보아도 별로 참고가 되지 않을 것 같다.

하지만 단 한 가지 이색적 항목이 있다. '만분의 일 비용'
이라는 것이다. 실은 이것은 교제비라고 이름지어야 마땅한
항목이며 내용도 별로 색다르다고 할 수 없다. 다만 우리들
가정에 이 항목 지출이 너무나 많았다. 처음엔 나도 교제비
라고 적고 있었지만 너무나도 거듭되자 그만 고통이 되었
다.

"또 교제비로 빼앗기고 만다."

지갑을 열면서 나는 중얼거렸다. 우선 미우라와 나의 어
머니에게 약간씩이지만 매달 용돈을 드리고 있었다. 이는
어쩔 수 없는 공제이다. 그 밖에 전별(여행자에게 정으로 주는
돈), 결혼 축하, 병문안 등으로 돈이 나간다. 10여 년이나
누워 있던 나는 참으로 많은 사람의 신세를 지고 있었다. 그
러므로 무슨 일이 있으면 곧 달려가야만 된다. 더욱이 두 사
람 모두 30대 중반을 넘기고 있는 셈이므로 20대에 결혼한
사람과는 교제의 범위도 틀리는 것이다.

나의 중얼거림을 듣고 미우라가 말했다.

"아야꼬, 교제비라고 생각하면 지겨울 테니 지금까지 여
러 사람에게 신세진 그 만분의 일이라도 갚는다고 생각하
는 게 어때?"

딴은 싶어 나는 즉시 가계부의 교제비란을 '만분의 일 비
용'이라고 정정했다. 나는 참으로 단순한 천성으로서 좋다
고 생각하면 곧 찬성하고 비록 3일이라도 실행하지 않을 수
가 없는 것이다. 이렇게 간단히 찬성하는 인간은 다분히 오
도방정이고 지레짐작을 곧잘 한다. 생각났다 하면 좀이 쑤
셔서 무엇이든 곧 손을 대고 '작심삼일'로 끝나는 일이 많은
것이다. 이런 자신을 나는 바로 얼마 전까지 꽤나 실천력이

있는 인간이라며 자만하고 있었다.

그런데 이러한 성격은 의지박약형으로 비행청소년에 많다고 한다. 참을성이 없다, 천천히 생각하는 일이 없다, 발끈하여 목을 졸라 죽였다 하는 위험한 인간은 이런 나와 같은 경거망동형에 많은 모양이다.

그것이야 어쨌든 교제비를 '만분의 일 비용'이라고 정정한 일은 나에게 큰 변화를 가져 왔다. 신세진 것을 생각하면 이런 것은 만분의 일이라고 무척이나 간덩이가 커졌다. 미우라의 형님이 아키타(秋田)까지 흉사(凶事)가 있어 갔다 온다고 인사를 왔을 때 나는 곧 5천엔을 봉투에 넣었다. 앞에서도 썼던 것처럼 월급이 2만엔 안팎인 생활일 때이건만 이런 5천엔이 조금도 아깝지 않았다. 그렇기는커녕 기쁘기만 했었다.

감사하는 마음이란 자기 자신을 참으로 크게 움직이는 것이라고, 나는 그때 새삼스러이 알았던 것이다. 만분의 일 비용이라고 정정하고서의 가계부를 보면, 이만큼 친구나 친지에게 의리를 지켜 가며 용케도 먹고 살 수 있었구나 이상히 여겨진다. 그런데 기묘한 것은 나가는 것도 많았지만 주어지는 일도 많았다.

만분의 일 비용으로 생각났지만, 우리들은 이때 이런 이야기를 나누었다.

"미쯔요상, 우리들은 서른 몇 살이나 되어 결혼한 셈이잖아요. 서른 몇 살이나 되면 독신시대에는 서로가 남달리 여러 사람들의 신세를 졌다고 생각돼요."

"그렇군 그래. 나도 몸이 허약했으니까 꽤나 신세를 졌었지."

"그럴 거예요. 나는요, 당신이 신세진 분들의 일들을 소중

히 간직하고 싶어요. 어떤 식으로 폐를 끼쳤는지 자세히
이야기해 주어요."

"고마워. 아야꼬가 신세진 사람의 일도 가르쳐 달라구. 서
로의 은인을 둘이서 소중히 간직해 나가자구."

이리하여 우리들은 서로가 은혜를 입은 사람들에 관해 자
세히 이야기를 주고받았던 것이다. 그로부터 우리들은 서로
의 은인 집에 1년에 몇 차례 인사를 하러 가기로 하고 있다.
이렇게 함으로써 부부가 서로에 대해 감사를 새로이 할 수가
있었던 것도 두고두고 고마운 일로 생각된다. 물론 우리들
은 아직도 많은 사람에게 은혜를 입고 있어 그 모든 사람에
게 예의를 다하고 있는 셈은 아니니만큼 자랑은 되지 않는
다. 그러나 서로의 은인을 소중히 한다는 것은 우리들 부부
의 자세로서 역시 써 두고 싶은 것의 하나라고 생각된다.

# *13*

오카모토 미찌꼬가 청진기를 잊고 돌아간 1주일쯤 지난 밤이었다. 쾅쾅 현관의 문을 두드리는 소리가 났다. 막 잠들려고 했던 나는 섬뜩하여 벌떡 일어났다. 전보인가 싶었다. 혹은 또 바로 근처에 사는 친정집 부모의 신변에 무언가 이변이 일어났는가 싶기도 했다. 재빨리 옷을 입어 가면서, 아니 어쩌면 도둑일지도 모른다고 생각했다. 흔히 '전보'라고 하며 문을 열게 한 후 들어오는 강도가 있다는 말을 들었다. 이 집에 산 지 반 년 밖에 되지 않았지만 우리들은 줄곧 좀도둑에 시달리고 있었다. 창문이 덜그럭거리는 소리에 전등을 켰더니 그 소리가 그친다. 아침이 되어 창 밖을 보았더니 부드러운 지면에 물결형의 구두창 자국이 뚜렷이 나 있거나 굵은 철사가 버려져 있거나 했다. 어떤 때는 꼬챙이로 문을 비집고 있는 소리에 숨도 멎는 것만 같은 무서움에 떨었던 일도 있었다. 또 우리 집 바로 근처인 아파트에서 강도단의 소동이 있었고, 나중에 그 일당이 체포되어서야 비로소 그런 줄 알았던 것이다.

나는 잔뜩 긴장하고서 현관으로 나갔다. 전등을 켜고 커튼을 살며시 열자 그대로 보이는 유리 저편에 흰 외투를 입은 오카모토 미찌꼬가 창백한 얼굴로 서 있었다. 나는 그만 오싹했다. 유령이다 싶었다. 생기란 전혀 없는 흐릿한 얼굴이었다. 도저히 살아 있는 인간으로는 생각되지 않았던 것이다.

"미안해요, 밤중에."

미찌꼬의 목소리이므로 현관의 문을 열었다.

"어떻게 된 일이에요?"

이미 12시가 지나고 있었으므로, 나는 얼마쯤 비난 섞인 눈빛으로 그녀를 보았다.

"이젠 틀렸어요, 난 뭐가 뭔지 모르게 되었어요."

미찌꼬는 그러면서 신을 벗고 방에 들어왔다. 미우라가 눈을 떴다.

"미찌꼬상, 당신 청진기를 잊고 갔어요."

내가 책상 위에서 청진기를 집어 내밀자 그녀는 희미하니 웃고,

"징그러워, 뱀 비슷하니."

하며 청진기를 보았다. 그녀는 누워 있는 미우라에게,

"미안해요, 환자가 계시는 곳에."

라고 말했지만, 별로 미안해 하는 것 같지도 않다. 그녀는 외투를 입은 채 스토브 곁에 앉아 멍하니 있었다. 이윽고 그녀는 포켓에서 봉함편지를 꺼내어 나에게 내밀었다. 보니까 쿠니무라 후미오가 미찌꼬에게 보낸 편지였다.

"읽어 봐도 좋아요?"

"물론이죠."

굵은 만년필로 힘주어 가며 쓴 큰 글씨가 있었다.


미찌꼬상, 나와 당신은 너무나도 빨리 만났거나 너무나도 늦게 만났거나 했다고 생각한다. 말할 수 있는 것은 나는 이미 한번 불타고 만 인간이라는 것이다. 지금의 나는 이를테면 불타 버린 껍질에 불과하다. 한낱 재에 불과하다. 아무리

강력한 불길도 재를 다시 태울 수는 없다.

나는 몇 번인가 불타오르려고 힘썼다. 그것은 당신도 알고 있는 대로이다. 그런데 그럴 적마다 나는 재에 지나지 않음을 통감했던 것이다.

나는 분명히 말할 수 있다. 나는 지금 누구도 사랑하고 있지 않다. 누구와의 결혼도 바라고 있지 않다. 안녕.

추신 : 불사조처럼 내가 재 속에서 날아오르는 기적이 만일 일어난다면, 누구보다도 먼저 그대 앞에 나타날지도 모른다.

내가 읽고 나기를 기다렸다가 미찌꼬는 말했다.

"당신은 어떻게 생각해요?"

"어떻게 생각하다뇨?"

"후미오상은 역시 나를 사랑하고 있어요. 그 사람은 불사조가 되어 내 앞에 제일 먼저 모습을 나타낸다고 쓰고 있어요."

나는 침묵했다. 나는 지금까지 몇 번이고 갖가지 사람의 사랑의 끝남을 보았다. 그 대부분은 역시 그녀와 같은 말을 하고 있었다. 그것은 떠나가는 사내들의 비정한 모습을 너무나도 모르는 여자들의 마음이었다.

나는 제삼자로서 사내의 편지를 냉정히 읽을 수가 있었다. 쿠니무라 후미오의 편지는 마지막의 추신이 없다면 참으로 차갑고 썰렁한 작별의 편지에 지나지 않는 것이다. 아마도 후미오는 이런 편지를 읽었을 때의, 미찌꼬의 충격을 작게 하기 위해 마지막 한 줄을 덧붙였을 게 분명하다.

그런데 이 노골적인 이별의 편지를 미찌꼬는 작별의 편지로서 해석할 수가 없었던 것이다. 자기에 대해 그의 마음은 식은 게 아니다. 자기에 대해 죽은 게 아니다. 다른 모든 여성에 대해 식은 것이다. 그중에는 특히 저 미망인도 들어 있다. 그녀는 그와 같이 해석했던 것이다. 그리하여 이제 얼마쯤 지나면 그는 불사조마냥 재 속에서 날개를 퍼덕이며 모습을 나타낸다. 이것은 이윽고 자기에게 구혼한다고 하는 게 아닌가. 그녀는 그렇게 생각하는 모양이었다. 나는 잔혹하다고 생각했지만 말했다.

"후미오상은 당신과 헤어지고 싶다는 것이에요."

미찌꼬는 나에게 매달리고 싶은 눈길을 보냈다.

"말은 그렇지만, 그 사람이 사랑하고 있던 것은 역시 나뿐이었어요. 그 여잔 아니었어요."

"아뇨, 후미오상은 누구도 사랑하고 있지 않아요. 매정한 말이지만 당신도 사랑하고 있지 않아요."

"그럴 리 없어요. 마지막 한 줄을 보세요. 그 사람의 마음이 나타나 있지 않아요."

"미찌꼬상, 그 한 줄을 덮고 다시 한번 편지를 읽어 보세요."

나는 옥박지르듯이 말했다. 미우라는 침구 속에서 눈을 감은 채 두 사람의 이야기를 듣고 있었다.

"그래도 이 한 줄을 덮을 수가 없어요. 진심으로 그 사람은 이 말을 써 주었는걸요 뭐."

"저 말이죠, 미찌꼬상. 이것은 남자들이 흔히 사용하는 외교적 상투어예요. 예컨대 알맹이 없는 말이죠."

"아야꼬상, 너무해요. 난 후미오상이 다시 만나 주는 날까지 기다리고 있겠어요. 어제 이 편지를 받고 밤새껏 자지 않고서 생각했어요. 헤어지자고, 그야 처음엔 충격이었죠. 하지만 이것은 기다려 달라는 편지 같은 느낌이 들었어요."

미찌꼬는 필사적인 표정이었다.

"기다려 보아야 헛일이에요, 미찌꼬상."

"어째서요? 내가 기다려 주지 않는다면 이 사람은 불사
조처럼 살아나려 해도 살아날 수 없잖아요!"

나는 불안해졌다. 미찌꼬는 자기의 실연을 믿지 않는 것
이다. 믿지 않는 채로 날이 지나고, 이윽고 믿을 때가 오는
것일까? 아니면 외곬인 이 여성은 일생을 두고 이 한 줄에
이끌려 늙기까지 후미오를 기다리는 게 아닐까.

"이 편지를 베끼게 해줘요."

내가 말하자 미찌꼬는 영문을 알 수 없다는 얼굴이 되었
다.

"베껴서 무엇하죠?"

"나도 잘 생각해 보겠어요. 미찌꼬상을 위해서 말이죠."

그녀는 순순히 끄덕였다. 이런 때의 그녀는 세 살 먹은 계
집아이보다도 순진했다. 나는 책상 앞에 앉아 노트에 후미
오의 편지를 옮기고 편지를 돌려 주려다가 놀랐다. 미찌꼬
가 나의 이불 속에 들어가 있는 것이었다.

"재워 줘요."

"네, 뜻대로."

나는 얼떨결에 대답했다. 단칸방인 집에 갓 알게 되었을
뿐인 미찌꼬가 자고 간다고 한다. 나로선 이해되지 않았다.
자기의 일만 생각하고 상대편 사정은 도무지 개의치 않는다
고 밖에 여겨지지 않는 태도이다. 더욱이 병으로 정양중인
미우라의 일도 알고 있으면서 그녀는 한밤중에 우리들을 두
들겨 깨우고 한술 더 떠서 자겠다고까지 한다. 앞으로 얼마
만큼 이 여성에게 시달리게 될까 나는 얼마쯤 우울하기도 했

다. 하지만 나는 마음을 돌이키고 이불을 또 하나 깔기로 했다. 미우라의 침구를 방 구석으로 밀어붙이고 다음에 나의 이불을 나란히 꼭 붙이고서 그녀의 침구를 깔았다.

이 숙박객이 우리 집의 첫번째로서, 그 뒤 우리들은 갖가지의 손님을 집에 재웠다. 그것은 지금에 이르기까지 계속되고 있어 작년만 해도 자살 지망의 학생, 가출한 소녀 등등 각지로부터 찾아오는 낯선 손님을 재우든가 하고 있다.

이불 속에 들어가자 그녀는 말했다.

"난 이제 녹초예요. 나는 후미오상이 싫어하는 것인지, 사랑하는 것인지, 아냐 날 싫어하고 있어, 아냐 날 사랑하고 있어 하며 몇 번이고 여러 친구들에게 이 편지를 보이게 되었지요."

"어머, 친구들에게 보이고 다녀요, 당신은?"

나는 반쯤 어처구니가 없었고 반쯤은 감탄했다. 이렇듯 명백한 작별의 편지를 그녀는 친구들에게 공개하며 이것이 헤어지자는 것인지 아닌지 묻고 다녔던 것이다. 그것은 어리석다 하면 너무도 어리석다고 할 수 있었다. 하지만 순수하다고 하면 이만큼 오로지 순수할 수 있는 일은 없다 할 만큼 확실히 순수했다.

나는 아름다운 여의사에게 이렇게까지 사모되는 쿠니무라 후미오라는 시인을 한번 만나 보고 싶다고 생각했다.

"친구는 모두들 갖가지로 말하죠. 하지만 좀더 기다려 보라며 말해 주는 사람이 많아요."

왜 그녀의 친구들은 그런 무책임한 것을 말하는 걸까?

나는 애절한 여성 한 사람을 알고 있다. 그녀는 어떤 부유한 농가의 딸이었다. 전쟁중 그녀는 여학교를 갓 졸업한 내 또래였다. 그 곳에 대학생들이 농촌봉사를 하러 왔다. 그때

그녀는 한 대학생과 사랑에 빠졌다. 가을이 되어 대학생은 도쿄로 돌아갔다. 돌아갈 때 그는,

"반드시 또 올 테니까 어디에도 시집가지 말고 기다려요."

그녀는 그 말을 보물처럼 가슴에 간직하고 살게 되었다. 도쿄에 돌아간 그로부터는 편지가 없었다. 도쿄는 몇 번인가 공습되고, 이윽고 패전의 날이 왔다. 그녀가 부친 편지는 주소불명으로 되돌아왔다. 하지만 그녀는 연인의 말을 잊지 않고 한사코 매일처럼 그를 기다렸다. 5년 지나고 10년 지나도 그로부터의 소식은 없었다. 공습으로 죽었을지도 모른다고 그녀는 생각하고 그를 위해 위패마저 만들었다. 그리하여 13년만에 그녀는 아사히카와로 물건을 사러 갔을 때 옛날 연인과 딱 마주치고 말았던 것이다. 그녀는 기쁜 나머지 그의 이름을 불렀다. 그는 돌아다보았다. 하지만 서른이 지난 그녀의 얼굴을 그는 이상한 듯이 쳐다보았다. 그녀는 숨도 가쁘게 자기의 이름을 말했다. 그는 금방 기억해 내지 못했다. 마을 이름을 말했을 때 그는 겨우 그리운 듯한 웃는 얼굴이 되었다.

"이것 오랜만인데. 아사히까와로 시집왔어요?"

그녀는 이 말에 놀랐고 남자란 것에 절망했다. 그녀는 지금껏 미혼이지만, 자유분방의 난잡한 생활의 미혼자인 것이다. '나비부인'과 같은 순정의 여성은 세상에 아직도 많이 있는 것이다.

"미찌꼬상, 후미오상은 당신을 진실로는 사랑하고 있지 않아요."

나는 잘라 말했고 그것이 그녀에 대한 우정의 말이라고 생각했다. 나는 그날 밤 사람들을 받아들이는 가정이 되는 것은 예사 쉬운 것이 아님을 곰곰이 생각했다.

그로부터 미찌고는 1주일에 한 번 꼴로 우리들의 집을 찾아왔고 여전히 쿠니무라에 대해 같은 말을 반복했다. 그리하여 그것은 역시 마지막 한 줄에 이끌려, 그에 대한 생각을 끊을 수가 없는 모양이었다.

우리들이 결혼한 그 해가 저무는 무렵이었다. 부엌에서 세수를 하고 있는 나에게 미우라가 큰 목소리로 말했다.

"아야꼬, 아야꼬, 잠깐 와 봐요."

"뭐죠?"

나는 타월로 얼굴을 닦으면서 방에 들어가려 하자 미우라가 신문을 펼치고 내 앞에 내밀었다. 작은 사망광고의 난이었다. 누군가 싶어 눈을 가까이 가져 갔더니 '장녀 미찌꼬가 급환으로 사망했습니다'고 쓰여 있었다.

"어머, 급환? 자살 아녜요?"

"아마 그럴 테지."

나는 밤중에 현관에 선 그녀를 돌이키며 뭐라 말할 수 없는 인간의 슬픔을 느꼈다.

오카모토 미찌꼬의 죽음은 역시 자살이었다. 그녀의 사후 나는 뜻하지 않은 사람으로부터 그녀의 이야기를 들었다. 그것은 내 친구의 아내로서 그녀가 근무하던 병원의 수간호원이었다.

"마지막까지 그 편지에 휘둘리고 있었던 모양이에요, 가없게도."

나의 친구 부인은 말했다. 역시 미찌꼬는 쿠니무라 후미오의 편지에 덧붙여진 한 줄에 이끌려, 그의 헤어지자는 편지를 단순한 작별 편지로는 받아들이지 않았던 것이다.

나는 임시변통으로 그녀를 상처주지 않으려고 쓴 쿠니무라의 어중간한 태도에 화를 냈다.

'나는 지금 누구도 사랑하고 있지 않다. 누구와의 결혼도
바라고 있지 않다. 안녕.'

쿠니무라는 이렇게 쓰고 있는 것이다. 이대로라면 아무리
미찌꼬라 하여도 작별의 편지로 읽었으리라. 하지만 후미오
는 한 줄 덧붙였던 것이다.

'추신 : 불사조처럼 내가 재 속에서 날아오르는 기적이 만
일 생겼을 때는 누구보다도 먼저 그대 앞에 나타날지도 모
른다.'

이 말에 미찌꼬는 망설였다. 결국은 후미오가 자기를 가장
가까운 여성으로 생각하고 있는 거라고, 미찌꼬는 이 한 줄
에 매달리는 심정이 되었던 것이다.

하지만 전화를 걸어도 후미오는 전화를 받지 않았다. 찾
아가도 만날 수 없었다. 편지를 보내도 되돌아왔다. 그녀는
지칠 대로 지쳐 죽었던 것이다.

나는 문득 하나의 일이 생각났다. 결혼 전이었다. 미우라
한테 어떤 여성으로부터 사랑을 고백하는 편지가 왔다. 미
우라는 곧 이 편지를 나에게 보였고, 거절의 편지를 쓴다고
말했다.

'나에게는 마음으로 정한 요양중의 사람이 있습니다.'

누가 보아도 달콤하다고 생각되는 말은 하나도 쓰여져 있
지 않다. 그것은 차가울 만큼 태도가 분명한 편지였다. 그
여성은 곧 두 사람의 축복을 빈다는 답장을 써 주었다. 그리
하여 그녀는 지금 행복한 가정인이 되어 있다. 미우라가 만
일 한마디라도 상대편 마음을 끄는 말을 썼다면, 그녀는 그
말에 미혹되었을지도 모르는 것이다. 지금 생각하면 미우라
가 취한 태도에 나는 정말 감사하지 않을 수 없다.

가정 생활 또한 그와 같은 서로의 의연한 태도 위에 구축

되지 않으면 안되는 게 아닐까? 다른 이성(異性)에게 장난
삼아 한 한마디가 씨앗이 되어 이윽고 가정을 무너지게 하는
연애 문제로 자라는 위험이 참으로 많은 것이다.

# 14

이야기는 오카모토 미찌꼬가 죽은 때부터 조금 거슬러 올라간다.

11월 7일에 나는 바로 근처인, 한 마장쯤 떨어진 재판소에 갔다. 이 재판소에는 앞에서도 말한 '성명철학'을 해준 친구, 마쯔다 오히로라는 지금에 이르기까지 여러 가지로 가르쳐 주시고 친절히 대해 주시는 벗, 그리고 교우인 사카베 노우상 등이 있었다. 그런 까닭이라 나는 때때로 재판소에 얼굴을 내밀고 있었다. 이날 친자식 살해의 재판이 있음을 알고 방청권을 얻고 갔던 것이었다.

법정에 들어가자 문자 그대로 입추의 여지도 없을 정도였었다. 나는 가까스로 들어갈 수가 있었다. 이 재판은 그만큼 당시의 아사히까와 시민의 주목을 끌고 있었던 것이다.

어떤 고교 선생이 원인도 모르게 자다가 밤중에 죽고 말았다. 두 자식과 함께 남게 된 아내는 노이로제가 되어 두 아이를 죽이고 자기도 죽으려 하다가 죽지 못하고 '친자식 살해' 범인으로 체포되었던 것이다. 그것은 때때로 신문에서 보는 사건이고 결코 진기한 것은 아니었다.

하지만 범인은 교육자의 아내이다. 이는 적지 않은 충격이었다. 또한 범인이 평소 진지한 여성이었던 만큼 동정도 컸었다.

이 사건은 남편만 갑자기 죽지 않았다면 일어나지 않을 사건이었다. 만일 그녀의 남편이 원기왕성했다면 그녀는 좋은

아내고 어진 어머니로서 그 일생을 평안하게 마쳤을 것이
다.

나에겐 자식은 없지만, 미우라가 만일 갑작스레 죽는다면
나도 역시 노이로제가 되어 미우라를 좇아 죽어 버리고 싶다
고 생각할지도 모른다. 인간은 아무리 평소에 침착하더라도
갑작스레 닥쳐오는 사건에는 매우 약한 것이 아닐까. 그리
하여 사건은 대개 '느닷없이' 생긴다. 화재든 빈집털이 도난
을 당하든 그것은 모두 '돌연'이다. 현재 몇 천의 사람이 매
일 교통사고를 당하고 있지만 이것도 '돌연'이다. 이런 느닷
없이 닥쳐오는 것 중에서 가장 견디기 어려운 것은 사랑하는
사람의 죽음이 아닐까. 나는 그런 견뎌내기 어려운 사건에
휘말리고서 이성을 잃고 남편따라 집단자살하려 했던 이 여
성에게 남의 일같지 않은 생각을 갖고 방청을 갔던 것이었
다.

그녀는 범인이라고 하기에는 너무도 애처로운 모습이었
다. 확실히 검은 슬랙스에 검은 스웨터를 입고 있었던 것으
로 기억한다. 그녀는 줄곧 고개를 떨구고서 '네에, 네에' 하
며 황송스레 재판관 앞에 서 있었다.

그런데 이 사건은 누구의 눈에도 참으로 단순한 것으로 생
각되었다. 하지만 이 단순하기 이를 데 없는 사건조차 실로
많은 각도에서 사람이란 사물을 본다는 것을 나는 절감했
다. 검사에겐 검사의 입장에서 말해야 할 말이 있고, 변호사
는 변호사의 입장에서 사물을 보았다. 그리하여 내 자식을
죽인 여성은 그 여성의 입장으로서 말을 하고, 판사는 판사
의 입장에서 종합적 판단을 내리고 있었다. 그것은 전적으
로 당연한 일이라서 뭐 놀랄 일도 아니었지만, 내 자신은 이
사건을 신문에서 알았을 때와 같을 만큼 놀랄 만한 일이었

다.

그것은 과장되게 말한다면 나에게 있어 하나의 개안(開眼)
이었다. 인간이란 것이 얼마나 일상의 생활 중에서 자기의
입장으로 밖에 사물을 생각지 않는 것인지 나로선 뼈저리게
느껴졌던 것이다. 그리하여 극히 단순한 사항이라도 공평하
게 판단하기 위해서는 검사적인 입장도 필요하고, 변호사적
인 입장도 필요하며 또한 판사적인 입장도 필요하다는 것을
나는 알았다.

극히 일상적인 문제를 예로 들어보자. 이를테면 누군가가
귀중한 화병을 깨뜨렸다 하고서 그것을 나무라기는 쉽다.
하지만 나무라는 본인이 '아냐, 이 떨어지기 쉬운 곳에 놓은
것은 누구인가' '왜 그는 당황하며 그 받침대를 건드렸는가,
그를 당황케 한 이유는 무엇인가' 생각하며, 또한 명백히 그
자신의 과실이라고 알아도 '인간은 누구나 과실을 범한다.
자기도 지금까지 같은 과실을 범했고 앞으로도 그것 이상 큰
과실을 범하지 않는다고는 단언할 수 없다' 등등 곰곰이 생
각하면 아무리 단순한 사항이라 하여도 단순히 꾸지람할 수
없는 것이 되지 않을까.

이렇게 생각하면 남편의 바람 피우는 문제, 아이의 비행
문제, 친척 남매의 온갖 문제, 3면 기사에 쓰여진 갖가지의
사건, 정치의 자세 하나하나에 우리들은 좀더 여러 각도에
서 사물을 생각하고 성급하지 않은 판단을 내려야만 한다는
느낌이 든다.

이것은 지금껏 미우라나 친구들과 대화를 나눌 때 도움이
되고 있다. 나는 애당초 성격이 억세므로 자기의 생각을 강
력히 주장했었다. 그러나 이 재판을 보고 나서부터 상대편
의 말에도 이전보다 순순히 귀를 기울일 수 있게 되었다.

(그런 입장에 있으면 자기도 그와 같은 생각을 할지도 모른다.)

그렇게 생각할 수 있는 것은 가정생활을 해 나가는 데 아주 중요한 일이라고 생각한다. 인간은 절대로 자기만이 옳다고 주장할 수가 없는 존재인 것이다. 이 간단한 사실을 알수가 있었던 것은 이날의 재판 방청 덕분이었다.

그러나 사건은 너무나도 애처로운 것이었다. 그녀는 확실히 집행유예가 되었지만, 그 뒤 정신병원에서 자살했기 때문이다. 지금도 때때로 그 사람이 생각나면 가슴이 찔리는 아픔을 느낀다. 물론 그 사람은 나에게 커다란 교훈을 주었다는 일따위는 알 턱도 없건만.

# *15*

나는 결혼하기 전까지 10년쯤 일기를 썼다. 단까도 지었다. 그런데 결혼하고부터는 일기를 쓰는 일도 드물어지고 단까를 짓는 일도 좀처럼 없었다.

"문학은 불행의 나무에 핀다."

는 따위의 말이 있지만, 인간은 슬픔이나 괴로움 속에서야말로 자기의 넋두리나 생각을 문자로 만들고 싶은 게 아닐까. 나는 대체적으로 남의 이야기는 듣지만 자신의 마음속을 속속들이 털어놓는 성격은 아니다. 그런데 미우라와 결혼하고서 부터는 저녁놀이 예쁘다든가 저 구름빛이 좋다든가 하는 신변의 일부터 다른 사람에겐 결코 보이지 않는 마음의 속까지 버린다.

이렇게 나는 생각하는 일 모두를 미우라에게 이야기하므로 일기를 쓸 필요를 느끼지 않게 되고 말았던 것 같다. 그 무렵 아무렇게나 휘갈긴 노트를 보아도 밭의 구도나 두 사람의 집 설계도 등만이 눈에 띨 정도이다.

그럼에도 때때로 문득 생각이 나서 쓴 듯싶은 일기가 남아 있다. 결혼하여 1년도 되지 않은 나의 악처 모습이 드러나 있으므로 적어 놓고 싶다.

12월 22일

아침 이부자리 속에서 나는 어젯밤에 목욕한 온기(溫氣)가 남아 있는 내 몸에 살며시 손을 가져 가 보았다. 이 살며시

만진다는 것이 무언가 슬픔과 같은 느낌이기도 하면서 나로
선 몹시 행복했다.

미쯔요상이 일어나 스토브에 불을 피워 주었다. 나는 매
일 아침 그에게 불을 피우게 하고, 그와 같은 보살핌 속에서
잠을 깨어 미안하면서도 행복하다고 생각한다.

그렇지만 미쯔요상 자신은 어떤 느낌일까? 어쩌면 매일
아침 불을 피워 주는 일에 썰렁해지는 쓸쓸함을 느끼는 것은
아닐까, 그렇게 생각하며 그를 보았더니 그는 다정한 옆얼
굴을 보이며 침구 속에서 조용히 눈을 감고 있었다.

기가 찰 노릇이다. 아무래도 나라는 인간은 요양중의 남
편에게 매일 아침 불을 피우게 하고서 유유히 늦잠을 즐긴
악처였던 모양이다. 불을 피운다 하여도 저탄식(貯炭式) 스
토브로 밤새도록 불을 끄고는 있지 않기 때문에 아침이 되어
자리에 누운 채 꼬챙이로 하룻밤의 재를 모두 떨구기만 하면
불은 세차게 윙윙거리며 타오른다. 이렇게 해 두고서 한잠
자게 되면 방안은 따뜻해져 있는 것이다. 그도 몸을 일으키
는 것은 아니지만 그래도 나는 얼마나 응석꾸러기 아내였던
것인가?

13년 누워 있던 동안에 남이 해주는 일에 익숙해져 자기
스스로 스토브를 쑤신다는 일도 없었던 것 같아 정말이지 부
끄럽기 그지없다.

부끄러운 일이 나온김에 다음의 일기도 소개하기로 하겠
다.

12월 23일
교회 도서의 일로 그가 나에게 여러 가지로 사무에 대해

물었다(저자주=교회에서 나에게 도서 판매의 일이 맡겨졌다. 이 일은 적임이었던 모양으로 나의 판매 성적은 훗까이도 제일이었다고 들었다). 그러더니 송금장이 없다고 한다.

아침의 바쁜 와중에서 나는 송금장 따위 아무래도 좋다는 짜증스런 심정이었다. 그런데 송금장은 그의 손 밑에 있었다. 나는 그런 짜증을 집게손가락에 모은 듯한 심정으로 그의 턱을 조금 찌르듯이 했다. 일종의 응석도 있었지만 그는 이것을 '쥐어박은 것'으로 느꼈다.

어쩌면 그 느낌은 옳았을지도 모른다. 나는 그것을 지적받고 비참해졌다. 나는 미쯔요상을 사랑하고 있건만 왜 그런 짓궂은 짓을 했을까?

동요되는 것만 같은 느낌 속에서 식사를 했다. 잘못했다고 사과하여 일이 끝날 수 있을까? 이와 같은 나의 내부에 숨은 '짜증' 비슷한 것이 언젠가 큰 불행을 초래하는 무서운 것이 되는 건 아닐까? 나는 그렇게 생각하자 슬펐다.

생각해 보니 자기 마음속의 추악함은 그것이 아무리 작은 모습밖에 보이지 않아도 결코 방심을 해서는 안되는 것이다.

성경에 "사랑은 짜증내지 않는다"는 말이 있다. 이 일기를 보면 나는 어지간히 짜증스러웠을 게 틀림없다. 왜냐 하면 결혼 11년간의 생활에서 이런 식으로 미우라의 턱을 찔러댄 짜증스러움은 기억에 없기 때문이다.

나는 당시, 자신이 미우라를 진심으로 사랑한다고 자부했을 게 분명하다. 그런 자신이 어리석고 꼴불견인 짓을 했으므로 꽤나 충격적이었으리라. 갖가지의 생각을 쌓아 올리면서 부부는 어른이 되는 것이다.

이는 극히 사소한 다툼인데, 그 뒤에도 나는 또 사소한 일로 미우라에게 대든 적이 있다. 그것은 내가 집을 짓고 싶다고 생각하여 저녁식사 후 열심히 설계도를 그려 가며 즐기고 있을 때였다.

그런데 그것을 본 미우라가,

"그런 더러운 설계도라면 안돼. 설계도는 방안지에 깨끗이 그려요."

라고 말했다. 나는 나의 즐거움에 핀잔을 맞아 얼마쯤 발끈했다.

지저분하든 깨끗하든 상관없잖은가. 이쪽은 즐기면서 그린다는 생각이 있다. 그런데 미우라는 매사에 꼼꼼해서 선 하나 긋는 데도 자를 쓰지 않으면 직성이 풀리지 않는다. 이쪽은 방안지 따위에 그리기보다 광고지 뒷면에 그리는 편이 좋다. 꼬부라진 선이든 뭣이든 방 배치만 재미있으면 된다.

하지만 내가 살고 싶은 집이라는 것은 현관이 없는 비현실적인 집인 것이다.

사람이 찾아온다. 그런데 현관이 없다. 집 주위를 빙빙 돌아도 들어갈 곳이 없다. 언젠가 이런 집의 얘기를 들은 적이 있다. 이런 집은 유쾌할 거라고 나는 생각한다. 이윽고 어리둥절해 있는 친구 앞에 입구가 열린다. 그런 장치의 집은 어떨까 등등 재미가 있다.

또한 침실에는 누구도 들어가지 못할 설계 등을 생각한다. 실은 방이 넷인 집인데 사람은 셋 밖에 없다고 생각한다. 밤에 도둑이 들어도 침실이 있음을 모르고 돌아간다. 겁장이인 나는 그런 설계를 하고 싶다.

이런 얼마쯤 정신박약아적 설계를 꿈꾸는 나에게 미우라는 방안지에 깨끗이 그리라고 한다. 나는 본디 글씨가 서투

르고 노트 기입방법도 엉망이라서 여학교 시절에 나의 노트
를 빌린 사람은 두 번 다시 빌려 달라고 하지 않았다. 어떤
교사는 나의 답안은 읽지 않고 채점하기도 한다고 했다. 그
만큼 지저분하므로 미우라가 보다 못해 주의하는 것은 당연
했다.

그런데 나는 성냈던 것이다. 10분쯤 말도 하지 않았다.
나는 성내도 10분이나 말을 않는 일은 하지 않는 인간이었
다. 하지만 그때는 말을 하지 않았다. 나로서는 어지간히 화
를 냈을 게 분명하다.

그러나 나는 곧 사과했다. 두 손을 잡고서 빌었다. 문제가
무엇이든 병자인 나를 5년이나 기다리고 결혼해 준 대은인
미우라에게 성내다니 얼마나 나쁜 여자인가. 그렇게 생각하
고 나는 습자지에 먹으로,

'악인이란 나 같은 사람이다.'
라고 썼다. 그리고 이 말은 밤낮으로 내 자신에게 들려주어
야 할 말이라고 생각했다. 화장실의 벽에 붙여 둘까, 부엌의
벽이 좋을까, 아니면 방 하나뿐인 우리들의 방에 붙일 것인
가, 여러 가지로 생각한 끝에 나는 천장에 붙이기로 했다.

천장이라면 아침에 눈을 떴을 때, 밤에 잠을 잘 때 반드시
눈에 띨 것이 아닌가. 다행히 우리 집의 천장은 당초 내가
썼던 것처럼 '손을 뻗치면 천장에 닿는 단칸방이다. 우리가
처음으로 산 집이여'라고 미우라가 읊은 낮은 천장이다.

나는 내가 쓴 그 말을 바라보며 공손한 느낌이었다. 그런
데 분명히 3일째의 밤이었다고 기억된다. 나는 미우라와 자
리도 나란히, 이 말을 지긋이 올려다보고 있었다. 하지만 무
슨 일로 '악인이란 나이다'라고 쓰고서 저기에 붙이게 되었
는가? 그 까닭이 아무리 하여도 생각나지 않았다. 무언지

내가 성낸 듯싶었던 것은 확실하다. 손을 잡고서 미우라에게 빈 기억도 있다. 먹을 갈고서 그런 글씨를 쓴 일도 잊지는 않았다. 하지만 무엇을 성낸 것일까. 아무리 생각해 내려 해도 생각이 나지 않는 것이다.

나는 곁눈으로 힐끗 미우라를 보았다. 조금 겸연쩍지만 미우라에 물을 밖에 도리가 없었다.

"저 미찌요상, 내가 무엇을 화내며 저 말을 썼죠?"

내가 천장을 가리키자 미우라는 그만 웃음을 터뜨리고 조금 기가 막히다는 듯이 말했다.

"놀랐어, 아야꼬에겐. 스스로 생각해 내요."

그래서 생각해 내려 했지만 아무리 하여도 무엇을 화냈는지 도무지 짐작이 가지 않았다.

"3년 전의 일이 아니야. 3일 전의 일이야, 아야꼬."

"그런 말을 해도 잊어버린 걸 뭐. 가르쳐 줘요."

나는 난처했다. 그리하여 미우라에게 집의 설계도 때문이었다고 듣고서야 나는 겨우 생각이 났던 것이다. 다른 사람으로선 믿어지지 않을지 모르지만, 나는 미우라에게 늘,

"아야꼬는 용서하기 전에 잊어버리고 있다."

는 말을 듣고 있는 것이다. 입 밖에 내어 발끈 성내더라도 곧 잊어먹고 상대편이 미안하다 했을 때는,

"어머, 무슨 일이죠?"

라고 하는 일면이 있다. 좀 멍텅구리 같은 이야기지만, 미우라는 득보는 성격이라고 말해 준다. 10년이고 20년이고 옛날 일을 끈질기게 원한으로 품고 있는 사람의 심정따위 나로선 아무리 하여도 모르는 심리인 것이다.

이리하여 미우라가 집에서 요양하는 동안 결혼 후 첫 정월을 맞았던 것이다.

# *16*

결혼 후 첫번째 정월을 맞은 나는 미우라와 마주 앉아 떡국을 먹었다. 떡은 미우라의 누이동생이 섣달 그믐에 가져다 준 것이었다. 이 시누이는 지금에 이르기까지 매년 떡(가래떡이 아닌 인절미처럼 납짝하거나 둥근 떡)을 만들어 보내 준다. 나중에 미우라는 이렇게 노래했다.

'둘 다 몸이 허약한 부부라서 떡을 받고 짠지를 받아 해를 넘기네.'

'떡국'은 내가 37년간 자란 친정과는 다른 요리법이었다. 친정에선 닭고기와 유부와 우엉과 채소를 약간 넣을 뿐이지만, 미우라의 집에선 닭고기, 얼린 두부, 우엉, 토란, 파, 나물 등 내용이 풍부하다. 나는 미우라의 가르침을 받아 가면서 미우라 집 방식의 떡국을 끓였다. 떡국을 먹고 있는 미우라를 바라보면서 나는 행복했다.

나는 지난해 정월을 회상하고 있었던 것이다. 미우라는 병상에 있는 나를 내 집까지 병문안 와서 성경을 읽어 주었다. 그리고 찬송가를 부르고 함께 기도했다. 그 뒤 어머니가 만들어 준 '설탕무침 떡'을 먹으면서 내가 말했다.

"내년 정월에도 와 주시겠죠?"

그는 젓가락을 멈추고 고개를 저었다. 내년에는 와 주지 않는 것일까 하며 놀라는 나에게 그는 말했던 것이다.

"내년의 정월은 둘이서 이 집에 신년축하를 하러 옵시다."

"네? 둘이서?"

그때의 기쁨을 나는 다시 돌이키고 있었다. 그때는 아직 두 사람이 따로따로인 집에 있었다. 완쾌되면 결혼하자고 그가 말해 주고서부터 통산 5년이란 세월이 지났다. 기다리고 있는 그에게 있어 그것은 얼마나 긴 세월이었을까? 또한 기다려지는 내게 있어서도 결코 짧은 세월은 아니었다.

사람의 마음은 변덕스럽다. 나는 몇 번이고 그렇게 생각했고 남들도 몇 번이고 그렇게 말했다.

"미우라상도 남자니까요."

내가 미우라와 결혼할지도 모른다고 들은 나의 남자 친구들은 처음부터 미우라의 말을 믿지 않았다.

"너무 믿지 말아요. 당신이 불행해질 뿐이니까."

그들은 그런 충고도 해주었던 것이다. 그것이 이 세상의 상식적인 남성관이었다. 그러나 그들은 미우라라는 사람을 몰랐다. 실로 미우라는 품행 방정하고 성실하니 나의 병이 낫는 것을 기다리며 병문안을 계속하며 내내 격려해 주었던 것이다.

나는 떡국을 먹고 있는 미우라에게 머리를 숙였다.

"고마워요, 미쯔요상."

"무엇이?"

"모든 것이."

이상히 여기는 미우라에게 나는 다시 머리를 숙였다. 그리하여 금년에도 하나님의 이끌어 주심에 의해 두 사람이 보다 한층 좋은 부부로서 살 수 있도록, 또한 자기가 좋은 아내로서 살 수 있도록 기도하지 않을 수 없었다.

당시의 미우라의 일기를 보면,

'드물게도 금일엔 내방객이 없음.'
이라고 쓰여 있는 날이 있다. 정월이 지나도 연일 벗들이 찾
아와 주고 있었던 모양이다. 미우라는 작년 가을부터 계속
해서 근무를 쉬고 있었다. 여전히 미열과 숨찬 증세가 있었
다. 단칸방인 작은 집에 미우라가 누워 있어도 의사인 무라
야마 야스노리, 쿠니무라 노리오, 재판소 근무의 마쯔다 오
히로, 사카베 노우, 경찰서 감식과의 쿠로에 쓰토무, 교회
식구인 다케다 쿄꼬, 미야코시 아야꼬, 니시키 에이꼬 등등
친구들이 곧잘 내 집을 찾아왔다.

그리하여 우리들의 집에서 서로 알게 된 사람들이 또한 벗
이 되어, 그들은 그들대로 교제의 고리를 넓혀 갔다.

어느 날 나는 사촌동생의 결혼식에 초대되어 요양중인 미
우라를 집에 남기고 혼자서만 참석했다. 성대한 피로연이었
다. 호스테스들이 손님 사이로 술을 따라주며 다녔다. 나는
신기한 듯이 그런 호스테스들을 바라보고 있었다. 키모노의
띠를 약간 나직하게 매고 짙은 화장을 한 그녀들의 얼굴에는
공통된 하나의 무엇인가가 있었다. 그것은 대체 무엇일까?
나는 그것을 정확히 파악할 수 없었다.

아무튼 13년 동안 밖에 나간 적이 없는 나였다. 우리들의
결혼식은 겨우 백엔의 회비로서 술도 나오지 않았고 물론 호
스테스들이 오는 일은 더욱 없었다. 바나 카바레는커녕 다
방에조차 가지 않는 미우라는 나를 데리고 가 줄 리도 없었
다. 호스테스들을 눈앞에서 보는 것이 처음이었으므로 내가
그녀들 존재에 마음이 쓰인 것은 무리가 아니었다. 그녀들
이 주스를 컵에 따라주자 나는 황송해서,

"죄송합니다, 고맙습니다."
고 머리를 숙였다. 그때 결혼 예복을 갈아입은 사촌동생이

장미색의 후리소데(키모노의 일종 ; 소매가 길고 겨드랑이 부분을 꿰매지 않음. 보통 미혼여성용)를 입고 장내에 들어왔다. 무심코 나는 사촌동생의 아름다운 후리소데 모습에 시선을 보내고 다시 그 눈길을 호스테스들에게 옮겼다. 그러다 어떤 한 사람의 표정에 나는 섬뜩했다. 그것은 부러움이 섞인 쓸쓸함이 깃든 뭐라고 형용키 어려운 표정이었던 것이다. 나는 못 볼 것을 본 것처럼 황급히 시선을 돌렸고 다른 호스테스들의 표정을 보았다. 거기에서도 많든 적든 선망 비슷한 표정을 보았던 것이었다. 나는 뭐라 말할 수 없는 심정으로 앞에 놓여진 주스를 한 모금 마셨다.

무대 위에서 피아노며 바이올린이며 기타나 드럼이 화려하게 연주되었다. 나는 그런 속에서 다만 호스테스들의 일만을 생각했다. 여기 있는 몇 명의 사람은 결혼해 있으리라. 하지만 결혼하여 실패한 사람도 있을지 모른다. 또 당분간은 결혼 못할 사정인 사람도 있을지 모른다. 만일 이곳에 결혼으로 상처를 입은 한 사람의 호스테스가 있다고 하자. 그렇다면 그녀의 가슴속은 대체 어떤 느낌일까.

자기도 지난날에는 저 금색 병풍을 등지고 신랑과 나란히 앉은 신부였다. 그러나 지금은 그것도 쓸쓸한 추억에 지나지 않는다. 신랑이던 남편은 이미 자기를 버리고 다른 여자와 결혼해 버렸다. 그런 처지의 호스테스도 있는 게 아닐까.

혹은 남편이 돌연 교통사고로 이 세상을 떠났다. 혹은 남편이 결핵으로 병원에 입원하고 있다. 그런 사람들도 있을지 모른다. 그리고 미혼인 그녀들 중에는 나쁜 사내가 기둥서방이 되어 붙어 있거나, 사랑한 사람들에게 배신되어 자포자기가 된 사람도 있을지 모른다. 그렇다면 언제고 결혼 피로연에서 술이나 따라준다는 일은 얼마나 그녀들을 상처

주는 애처로운 일이겠는가. 나는 그런 생각에 잠겨 있었다.

세상 물정을 모르는 나이기에 호스테스들의 실태도 알고 있지 못했다. 의외로 행복한 결혼생활을 하는 사람도 있을지 모르지만 나는 우선 그런 상상을 했던 것이다.

그것은 여학교 3학년 때였다. 어느 날 나는 어렸을 적 친구이던 T가 오늘중으로 백엔의 돈을 마련하지 않으면 작부로 팔린다는 이야기를 들었다. 백엔이라는 돈은 지금으로 말하면 10만엔 이상이나 된다. 나는 어떻게 해볼 도리가 없는 그런 금액을 듣고 친구들에게 무슨 수가 없느냐고 말하며 다닌 기억이 있다. 백엔의 돈에는 손이 닿지 않더라도 1엔의 돈이라면 내주는 사람이 있을 거라고 생각했다. 하지만 1엔은커녕 50전도 모이지 않았다.

"글쎄, 도리가 없는 것이야."

백엔이란 금액은 너무나 커서 자기들과 관련 없는 일이라고 생각했는지도 모른다. 그날 하루 나는 수업시간에도 공부가 손에 잡히지 않고,

(백엔으로 친구가 팔린다, 백엔으로 친구가 팔린다.)

고 뇌까리며 조바심을 내고 있었음을 기억하고 있다.

그런 일이 있었던 탓인지 나는 아직껏 물장수의 여성을 보면 말할 수 없이 가슴이 아픈 것이다. 무언가 부당하게 상대를 압박하고 있는 것 같아 그만 미안한 심정이 되고 마는 것이다.

그날 나는 종매나 숙모의 부탁으로 서툰 춤을 추게 되었다. '누가 고향을 생각지 않으리'라는 유행가에 맞추어서였다. 나는 단에 올라가 먼저 종매에게 호소했다.

"마리짱, 정말로 축하해요. 내가 이제부터 이야기하는 것을 마리짱은 잘 들어요. 나는 13년 동안 병석에 누워 있었

습니다. 언제 나을지 모르는 병이었지요. 이젠 틀린 게 아닐까 생각도 했지요. 그런 곳에 미우라가 나타나서 언제 나을지 모르는 나와 결혼한다고 했습니다. 미우라가 나타났을 때, 지저분한 이야기지만 나는 변기를 옆에 두고 깁스 베드에서 꼼짝도 못하고 있었던 거예요. 그로부터 통상 5년, 미우라는 기다려 주고 병약한, 아무런 쓸모없고 미인도 아닌, 두 살 손위의 나와 결혼해 주었습니다. 마리짱, 긴 인생에는 절망으로 보일 때가 있을지도 모릅니다. 하지만 마리짱, 그런 때에는 지금 내가 말한 것을 생각해 내도록 하세요. 그리하여 오랫동안 누워 있던 아야꼬가 춤출 만큼 되었다는 것을 떠올려 주세요."

나는 앞서의 호스테스들 표정을 생각해서라도 결혼을 소홀히 하는 것을 바라지 않았다. 조금쯤의 쓰라린 일, 괴로운 일도 모두 뛰어넘고 결혼생활을 계속해 주기를 바라며 이런 말을 했던 것이었다.

"어렸을 때 정든 이 친구 저 친구."

평소 미우라에게 노래해 달라고 한 것을 '누가 고향을 생각지 않으리'의 곡에 맞추며 나는 열심히 춤을 추었다. 춤은 서툴지만 그야말로 우뢰와 같은 박수로 막을 내렸다. 단을 내려와 복도로 나갔더니 한 호스테스가 나의 곁으로 다가왔다. 보니까 눈에 눈물이 글썽거렸다.

"그만 울음이 나왔어요."

그녀의 동료도 몇 사람인가 울었다고 한다. 나는 '누가 고향을 생각지 않으리'라고 하는 좋은 가사, 좋은 곡에 어렸을 무렵을 추억하며 울었으리라 생각하고,

"정말 고마워요."

라고 고개를 숙이고서 지나가려 했다. 그러자 그녀는 말했

다.

"몸조리 잘하세요. 연설에는 눈물이 나왔어요."

연설은 아니다. 춤추기 전의 몇 마디 인사에 지나지 않았
다. 하지만 그 연설에 울고 말았다는 말 밑바닥에 흐르는 슬
픔에 감동하며 나는 좌석으로 돌아갔다.

그로부터 지금에 이르기까지 나는 결혼 피로연에 참석할
적마다 언제고 호스테스들의 표정을 본다. 그리하여 누구나
모두 참으로 행복한 결혼을 해주기를 진심으로 바라는 것이
다.

# *17*

그 결혼식이 있고 며칠도 되지 않은 어느 날, 삿포로의 친구로부터 전보가 왔다. 무슨 일인가 놀라며 나는 전보를 펴 보았다.

'급히 의논할 일 있음, 와 주기 바람.'

이라고 되어 있었다. 이 친구는 정신박약아의 정신병원에 근무하고 있었다. 이것만으로는 언뜻 이해되지 않을지도 모른다. 정신박야아로서 또한 정신병을 갖고 있는 아이들에게 치료를 해주는 병원인 것이다. 지능이 정상인 사람들이 노이로제가 되든가 분열증이 되든가 하여 들어가는 정신병원과는 전혀 다르다. 정신박약아로서 또한 정신분열증이나 간질병과 같은 정신병을 가진 가엾은 어린이들이 있는 이 병원에 내 친구 히노 이토상이 주임 보모로 일하고 있었다.

그녀는 가톨릭 교도로서 될 수만 있다면 수녀원에 들어가고 싶다며 바라고 있었지만 지금은 이 가엾은 아이들을 위해 일생을 바치는 것이 자기의 사명이라고 생각하는 모양이다.

나는 미우라에게 전보를 보이면서 난처하게 되었다고 생각했다. 전문을 보았을 뿐이건만 그녀의 상담 내용이 무엇인지 알 수 있었다. 그것은 그녀와 나의 고통인 벗에 관한 일로서 이전부터 편지로 몇 번 의논되고 있는 일이었다.

"곧 가도록 해요. 우정은 소중히 해야만 하니까."

미우라는 말해 주었다.

"하지만 당신은 병중이고, 혼자 두고 갔다 올 수가 없잖아요?"

여자의 우정은 결혼 후까지 계속되지 않는다고 옛날부터 일컬어진다. 그것은 지금까지의 일본의 자세를 나타내고 부부의 자세를 나타낸 말이라고 생각한다. 아무리 의가 좋았던 친구라도 결혼했다면 끝장으로, 아내의 친구는 받아들이지 않는다는 분위기가 그때까지의 일본 가정에는 있었다고 생각한다. 아니, 현대라도 여전히 남아 있는 가정의 모습이 아닐까? 남편은 자주 술친구를 한밤중에조차 데리고 오는 일은 있어도, 아내는 자기 친구의 집에 놀러가는 일마저 꺼리고 친구를 초대하는 일따위 좀처럼 없다는 가정이 아직도 있다.

하지만 우리들은 처음부터 독신시대의 서로의 친구를 그대로 가정의 친구로서 받아들일 자세를 취하고 있었다. 그렇다고는 하나 병중인 미우라를 두고 삿포로까지 가는 일은 주저되었다.

"괜찮아, 괜찮아. 꼼짝 못하고 누워 있던 이전의 아야꼬를 생각하면, 친구의 일로 삿포로까지 갈 수 있다니 고마운 일이잖아. 빵이라도 먹고 있을 테니 걱정 말고 갔다 와요."

미우라의 말에 격려되어 나는 삿포로에 가기로 했다. 상담의 내용은 지금 여기서는 말하지 않지만, 나는 그 벗을 위해 삿포로 사람 몇 명과 만나야만 되었다. 그렇지 않았다면 히노상을 아사히까와까지 오게 하면 될 일이었다.

미우라를 위해 계란을 삶든가 치즈나 버터를 준비하든가 미우라가 좋아하는 고구마를 사서 찌든가 어쨌든 이틀분의 식량을 준비해 두고, 나는 마치 긴 여행이라도 떠나는 듯한 결심으로 집을 나섰다. 미우라도 단젠 차림으로 배웅을 했지만 쓸쓸해 보였다. 결혼하여 처음으로 나는 미우라를 두고 외박하는 것이다. 기차에 타고서도 미우라의 일만 걱정이 되어 견딜 수 없었다.

(결혼을 했다.)

나는 곰곰이 그렇게 생각했다. 독신시대에는 언제나 단수(單數)로 사물을 생각하고 있었지만 결혼하고서부터는 복수로서 사물을 생각하게 되었다. 당연한 일이지만 지금 새삼스럽게 생각되는 것이었다.

오랜만에 삿포로에 나가서 히노상과 만나 이야기를 듣고, 그녀와 더불어 몇 사람과 만나고서야 이야기도 끝났다.

"진실을 갖고서 얘기를 해야 해."

떠날 때 말해 준 미우라의 말을 생각하면서 나는 삿포로에서의 용건을 끝냈다. 저녁 때 나는 예정대로 숙소에 돌아왔다. 중급의 여관이지만 복도 구석구석까지 걸레질이 잘된 깨끗하고 기분좋은 여관이었다.

"어서 오세요."

담당 여종업원이 방에 들어왔다. 어딘가에서 들은 목소리다 싶어 내가 돌아다보았더니,

"어머나! 홋다상."

상대가 먼저 말을 걸어왔다. 여학교 시절 하급생이던 미꼬이다.

"어머 미짱, 오랜만이네요."

뜻밖인 상봉에 나는 단순하게 놀라며 말했다. 미꼬는 어느 쪽인가 하면 말수가 적은 온순한 학생이었다. 나는 동급생과도 하급생과도 널리 사귀고 있었으며 미꼬도 그런 한 사람이었다.

"홋다상, 병을 앓았다면서? 이젠 다 나았어요?"

미꼬는 망설이듯이 말했다. 그 망설이는 말솜씨가 여학교 시절과 조금도 다름이 없었다. 그녀는 언제나 말을 시작할 때, 누군가에게 야단맞지 않을까 하며 몹시 주저하는 버릇이 있었다. 여학교를 졸업하여 20년이나 지났다고 하건만 그런 변함없는 태도인 것이 기뻤다.

하지만 미꼬는 별안간 손님에 대한 말투가 되었다.

"바로 식사를 드시겠습니까, 아니면 목욕을 하시겠습니까?"

그것은 느닷없이 가면을 쓴 것만 같은 기묘한 느낌이었다.

"싫어요, 우린 친구가 아녜요?"

"하지만 손님은 손님인걸요 뭐."

그녀는 정색하며 말했다. 할 수 없이 나는 대답했다.

"난 목욕은 하지 않아요. 미안하지만 곧 식사를 하겠어요."

"알았습니다."

그녀는 절을 하고서 나갔다. 그녀가 나간 뒤 나는 얼마쯤 삭막한 심정이 되었다.

분명히 그녀는 여학교를 졸업한 뒤 오사카쪽엔가로 시집갔다고 들었었다. 그녀가 결혼한 이야기를 들었을 때 나는 탄광촌의 국민학교 교사로 있었다. 여학교를 나와 몇 달도 되지 않았다고 하는데 용케도 결혼할 생각이 들었다고 나는 감탄했던 것이었다. 하급생인 그녀와 교제했다고 하여도 방과후 탁구를 치든가 농구를 하든가 때로는 도서관에서 함께 책을 읽었을 정도의 사이다. 특별히 그녀만이 친했던 것은 아니었으므로 졸업 후에는 서로 저마다의 생활중에서 편지를 주고받는 일도 없이 지내 왔던 것이다.

생각해 보면 미꼬들과 헤어지고서 20년의 세월이 흘렀다. 그 사이 나는 국민학교의 선생을 했고 오랫동안 요양을 했으며 가까스로 작년에 결혼했을 뿐이다. 요양중에 연인의 죽음을 만나든가 그리스도를 믿고 세례를 받든가 하는 갖가지의 일이 있었다.

마찬가지로 겨우 17세에 결혼한 그녀가 지금 이 삿포로의 중류 여관에서 종업원으로 일하기까지의 사이에는 여러 가지의 기복이 있었던 게 아닐까. 나와 만난 순간은 놀라움과 그리움으로 친구의 표정을 보였지만, 그것은 한 순간의 일로서 다시 직업적 표정으로 돌아간 것은 그녀의 마음이 언제나 폐쇄적임을 말해 주는 것인지도 모른다. 그녀는 마음속을 좀처럼 남에게 보이지 않고 사는 게 아닐까 하여 나는 무언가 애처로움을 느꼈다.

"식사를 가져 왔습니다."

그녀는 이미 완전한 종업원의 표정으로 조용히 방에 들어왔다. 나의 시선을 피하듯이 그녀는 밥상을 놓았다.

미꼬는 나에게 말하고 싶지 않은 무언가를 갖고 있었다. 이야기하고 싶지 않은 무언가를 갖고 있었던 것이다. 옛날의 친구 표정으로 돌아가면, 헤어진 이래 20년간의 일을 얘기하지 않으면 안된다. 그것을 그녀는 거부하고 있는 것이다. 얘기하고 싶어하지 않는 것을 나는 별로 물으려고는 하지 않았다. 하지만 오랜만에 만난 미꼬가 전혀 모르는 사이처럼 서먹해 하는 것은 역시 쓸쓸했다. 그녀의 마음을 어디서부터 풀어 줄까, 공기에 밥을 담아 주는 그녀의 손을 보면서 나는 생각했다.

정좌하고 손을 무릎 위에 겹치고 있는 미꼬에게 나는 말했다.

"비가 오네요. 미우라는 비를 좋아하죠. 미우라가 여기 있
다면 틀림없이 기뻐할 거예요……."

나는 갠 날이 좋지만 미우라는 비오는 날을 좋아했다. 아
사히까와에 혼자 두고 온 미우라를 생각하면서 창문을 때리
는 빗소리에 귀를 기울였다. 미꼬는 희미하게 비웃는 미소
를 떠올렸다. 나는 공연한 소리를 했다 싶었다. 미꼬의 결혼
생활이 행복했는지 불행했는지 짐작이 갈 것만 같았다.

"미안해요. 난 결혼하고 아직 1년도 되지 않았죠."

"어머 홋다상, 그럼……."

별안간 미꼬는 또다시 옛날의 그녀 표정을 보였다.

"난 지금 서른 아홉이지만요, 재혼은 아니에요."

"어째서…… 그렇게 늦었어요?"

"나는 오랫동안 카리에스와 폐결핵으로 누워 있었어요.
미우라가 5년쯤 기다려 주어 겨우 지난해 결혼했지요."

"어머나, 병은 결혼 전이었어요? 언젠가 병을 앓고 계시
다는 말은 들었지만……."

그녀는 여학교 시절의 친구와는 거의 왕래가 없는 모양이
었다. 우리들은 여학교 시절의 이야기를 조금 했다. 그런 뒤
그녀는 말했다.

"아까는 홋다상이 무척 행복한 얼굴이잖아요. 난 조금 심
술이 났지 뭐예요."

미꼬는 완전히 옛날의 친밀함으로 되돌아가 있었다. 나는
인간 마음의 이상함을 뚜렷이 본 것만 같은 느낌이 들었다.
마음을 닫아 버리면 인간은 금방 딴사람이기나 한 것처럼 쌀
쌀하니 굳어지고 만다. 무언가 무서운 것만 같은 느낌이 들
었다.

"하지만요, 홋다상. 난 신혼 때라도 행복한 날은 하루도 없었어요."

"왜?"

"내가 결혼한 때는 전시중이었잖아요. 여학교를 졸업하고서 바로였으니 난 열일곱도 되어 있지 않았죠."

나보다도 20년이나 앞서 이 하급생은 결혼해 있었던 것이다. 나는 새삼 미꼬를 바라다보았다. 그때까지 깨닫지 못했던, 그녀의 몸 전체에서 스며 나오는 쓸쓸함을 나는 느꼈다. 나는 그녀의 말에 귀를 기울였다.

"홋다상, 시어머니와 함께 살아요?"

"아뇨, 단둘만이죠. 시어머님은 아주 좋은 분이에요. 아주버님과 살고 계세요."

"좋은 사람? 그야 딴집에 살고 있다면야……. 난 전시중에 까다로운 봉건적이었던 시어머니 때문에 울기도 많이 울었어요."

미꼬는 시어머니 이야기를 시작했다. 시어머니는 꽃꽂이 선생(일본에선 예의, 꽃꽂이, 다도, 춤, 창, 샤네셍(악기) 등이 전통으로 확립되고 각각 파가 있으며, 기술을 전수받은 '종가'라는 것이 있고 일종의 면허료를 받고 제자를 양성한다. 이런 사람이 선생으로서 출가 전의 처녀나 특수한 직업인 기생에게 춤이나 창 등을 가르친다)을 하면서 여자 혼자의 힘으로 미꼬의 남편을 키웠다. 이 시어머니는 여학교를 갓 졸업한 미꼬로선 이해되지 않는 까다로운 존재였다.

"나의 청소가 못마땅하다면서 갑자기 밤이 되고 나서 집안 청소를 시작하는 것이어요. 우리들이 자고 있든 일어나 있든 미닫이를 활짝 열어 젖히고서 말이죠."

미꼬는 조금 부끄러운 듯이 머뭇거렸지만,

"과부 시어머니의 외아들에게 시집가는 게 아니었요. 아무튼 내가 미워 견딜 수 없다는 것이었죠. 나라고 잠자코 누워 있을 수만은 없어서 청소를 거들려고 했더니 걸리적거린다는 거예요. 난 어쩔 줄을 몰랐지요."

모처럼 잠자리에 든 두 사람의 방을 갑자기 예고도 없이 미닫이를 여는 시어머니의 모습, 그리하여 놀라 자리 위에 일어나 앉는 미꼬의 모습이 눈에 보이는 것만 같았다. 아들을 며느리에게 빼앗기고 싶지 않다는 홀어미의 마음속을 모르는 것도 아니지만, 그것은 너무나도 가련한 인간의 모습이었다.

"그때 남편은 뭐라고 했죠?"

"그것이 전연 의지가 되지를 않아요. 의지가 된다면 시어머니에게 처음부터 그런 일은 못하게 했을 거예요."

남편은 홀어머니에게 아무런 말도 못하고 다만 미꼬에게 인내를 강요할 뿐이었다. 언제 시어머니가 침실에 들어올지 모른다고 생각할 뿐으로도 미꼬는 노이로제 상태가 되고 말았다. 그런 미꼬의 집에 남편의 사촌형님이 때때로 놀러 왔다. 남편과는 달리 이 사촌형님은 언제나 미꼬쪽에 서서 이야기를 들어 주었다. 이야기를 들어주는 것만으로도 미꼬의 마음은 풀렸다. 시어머니가 어느 날 꽃꽂이의 출장교수를 나간 뒤, 이 사촌형님이 찾아왔다. 그리하여 두 사람은 인기척 없는 대낮의 방에서 관계가 맺어지고 말았던 것이다.

그 사촌형님은 남편보다 20년 가까이나 연상이었다.

"남자와 여자 사이에는 나이가 문제되지 않나 봐요."

그녀는 말했다. 나는 끄덕였지만, 그녀와 그 남자의 관계를 긍정할 뜻은 없었다. 뭐야, 고작 바람을 피운 이야기가 아닌가. 나는 김이 샜다는 심정으로 그녀를 보았다.

결혼한 지 얼마 안된 나는 남편의 부정(不貞), 아내의 부정은 이야기를 듣기만 해도 화가 났다. 인간은 약한 것이고 자칫하면 저지르기 쉬운 잘못이라고는 생각해도 웬지 동정할 수 없었다. 이것은 아마 아내로서인 내 자신의 에고도 가미되어 있었다고 생각된다. 나는 아내로서 자기의 자리를 그지없이 소중한 것으로 생각하고 있었다. 그런 아내의 자리가 흔들리는 듯한 사건은 남의 일만이 아닌 것이다. 그러므로 생리적으로 혐오했을지도 모른다.

그 사내에게도 아내는 있었을 게 틀림없다. 그렇게 생각했을 뿐 미꼬를 동정할 생각은 털끝만치도 없었다. 남편이 있으면서 뭐 아내 있는 사람과 부정을 못 저지를 것도 없잖은가. 확실히 언제 들이닥칠지 모를 시어머니와 동거하는 일은 말하기 어려운 괴로움이었다고 생각한다. 하지만 그것이라면 그것대로 대책은 있었을 걸로 생각한다. 방에 쇠를 채운다든가 남편을 통해 시어머니에게 말한다든가, 그럼에도 들어주지 않는다면 어느 기간 시어머니와 별거한다든가 여러 가지 방법이 있지 않았을까?

시어머니가 나쁘다고 해서 부정을 해도 좋다는 논법(論法)은 없다.

"미꼬상, 바쁘겠죠?"

한 손님의 방에 언제까지 있을 수는 없을 거라고, 나는 그렇게 말했다.

"아뇨, 오늘 밤의 내 담당은 두 방 밖에 없어요. 또 한 분은 12시쯤 돌아온다며 외출했기 때문에 상관없어요. 그것보다 내 이야기를 들어줘요."

옛날의 말수가 적었던 미꼬를 생각하면서 나는 할 수 없이 끄덕였다.

"그사람의 부인이 마침내 눈치를 챘지요. 그래서 난 집에
도 있을 수 없게 되어 뛰쳐나오고 말았죠."

"뛰쳐나왔다고?"

"그래요. 그 무렵 집을 나온다는 건 지금처럼 간단하지는
않았죠. '쌀 통장'이 없으면 쌀도 살 수 없고 의류도 살
수 없었어요."

말하자면 필사의 가출이다. 그런 필사인 가출에 사내는
마음이 움직였는지 쌀이나 의류를 계속 대주었다고 한다.
그녀는 오사카 시내의 '텐마'에서 작은 셋방을 빌리고 있었
지만 그 곳도 사내의 아내에게 들키고 말았다. 그러나 이미
미꼬에게 있어 그 사내 이외로 의지할 사람은 없었다. 아내
를 무시하고서 그녀는 질질 그대로인 생활을 계속했다.

"그리고 얼마 안 있고서였지요, 여학교 2년의 여자 아이
가 찾아왔어요. 그 사람의 딸이었죠. 지금 당장 헤어지라
는 거예요. 어머니가 괴로워하는 것을 차마 볼 수가 없다
면서. 나도 전에 몇 번인가 만난 적이 있지만 처음으로 만
난 것만 같은 느낌이었죠. 찌르듯이 나를 보는 거예요."

식사가 끝난 나에게 차 준비를 하면서 그녀는 이야기를 계
속했다.

"나는 그때 부인이 왔을 적보다 무서웠어요. 당신 때문에
집안이 캄캄해요, 당신 같은 사람은 죽어요 하면서……."

다음에 사내가 왔을 때 그 말을 했더니 사내는 웃으면서
신경쓰지 말라고 했다고 한다.

"그런데 말이죠, 그 여자 아이가 유서를 남기고 자살해 버
렸지요. 엄마를 행복하게 해 달라며 아버지 앞으로 편지
를 남기고서 말이에요. 아버지는 물론 어머니도 반은 미
치다시피 되어서……."

그 여학생의 자살에 그녀는 비로소 가정을 어지럽히는 죄
의 무서움을 느꼈다고 한다. 오사카엔 있을 수가 없고 그렇
다고 해서 홋까이도에 돌아가는 것도 주저되어 미끄는 만주
로 건너갔다. 대련(大連), 하얼삔으로 전전했지만 어디에 있
어도 자살한 여자 아이의 찌르는 듯한 얼굴이 쫓아왔다고 했
다.

(만주에서 무엇을 하고 있었죠?)

목구멍까지 나오려 했지만 나는 다만 그녀의 말에 끄덕였
다.

"그리고 상해로 건너갔어요."

그녀는 상해에서 종전을 맞았고 일본으로 돌아왔다. 홋까
이도에는 부모와 남매가 있었다. 견딜 수 없이 그리워져서
홋까이도로 갔지만 겨우 5년 가량 소식이 끊겼던 사이 오빠
는 남방에서 전사했고 부모는 카라후토(사할린)에 전근갔다
가 곧이어 종전, 그대로 소식이 끊어져 있었다.

"나는 천벌을 받은 것만 같은 느낌이 들어요. 난 결국 한
여자 아이를 죽이고 만 셈이잖아요. 본래대로라면 나도
죽어 마땅하죠."

이야기하면서 그녀는 몇 번인가 눈물지었다.

"홋다상, 가정이란 소중해요. 나는 쉽게 나의 가정으로부
터 도망치려 하다가 실패했어요. 지금에 와서 생각하면
뭐 도망칠 것까지는 없었다고 생각해요."

그녀는 한숨지으며 말했다.

"난 나의 가정뿐 아니라 남의 가정까지 엉망으로 만든…
… 나는 무서운 여자예요."

인간은 한 번이라도 죄를 범해서는 안되는 거라고 그녀는
말했다. 그것은 자기만의 문제가 아니고 다른 사람들의 인

생에도 관계되는 큰 문제라고도 말했다.

"훗다상, 만일 남편이 당신을 배신하여도 집을 뛰쳐나오
든가 해서는 안돼요. 그리고 당신도 절대로 주인을 배신
해선 안돼요."

나는 웃음이 나올 것만 같았다. 미우라가 바람을 피우다
니, 해가 서쪽에서 떠도 있을 수 없다는 자신만만함이 있었
기 때문이었다(미우라는 지금도 변함이 없지만).

그날 밤 나는 자리 속에서 성경을 폈다. 맨 먼저 눈에 들
어온 것은 다음의 말씀이었다.

'주께서 과부를 보시고 불쌍히 여기사 울지 말라 하시고'
(누가 7 : 13)

나는 느닷없이 때려 눕혀진 듯한 느낌이 들었다. 나는 얼
마나 동정이 없는 인간일까. 왜 이렇게도 동정심이 없는 것
일까?

나는 인간관계로 괴로워한 적이 없는 인간이다. 물론 자
기 자신의 약함은 알고 있었다. 하지만 시어머니나 시누이,
그리고 남편 등의 중간에 서서 현실로 괴로워한 적이 없는
나로선 그녀의 20년간의 괴로움을 몰랐던 것이다. 부정은
나쁘다고 일방적으로 단정하는 일은 알고 있어도 그 곳에 몰
리고 마는 약함을 나는 결코 동정도 하지 않았고 보살피지도
않았다.

나는 새삼 그녀의 말 하나하나를 되새겼다. 가정은 소중
하다는 그녀의 말에는 무한한 뉘우침과 슬픔과 동경이 깃들
여 있었던 것이다.

나는 별안간 눈물이 넘쳐 그녀의 행복을 빌지 않을 수가
없었다.

하지만 그녀는 내가 다음번에 그 여관을 찾았을 때에 이미

어디론가 떠나가고 있었다. 그녀는 아직까지도 자살한 여자
아이의 찌르는 것만 같은 눈초리에 쫓기고 있는 것일까?

# *18*

한때는 입원까지 한 미우라도 6월 6일부터 출근하고 8개월의 요양생활에 마침표를 찍었다. 악처인 나는 미우라가 요양하고 있음을 기뻐했었다. 직장의 분들에게는 굉장히 폐를 끼쳤지만 미우라와 아침부터 밤까지 함께 있을 수 있는 게 기뻤던 것이다.

사람에겐 두 가지 타입이 있다고 한다. 즉, 개형과 고양이형이다. 개는 사람을 따르고 고양이는 집을 좋아한다. 요즘 도쿄에서 삿포로로 전임하는 사람 중에 단신 부임의 남성도 많다고 듣는다. 사람보다도 집을 좋는 고양이형 부인을 갖고 있기 때문이리라.

나는 개 타입으로서 미우라가 목욕탕에 가더라도 충견처럼 목욕탕까지 배웅하거나 마중하거나 한다. 이런 나에게 미우라의 장기 결근은 희한한 하늘의 은총이었다. 하루라도 빨리 직장에 나가고 싶은 미우라에게 있어 이런 악처는 골치 덩이었으리라.

그날은 분명히 일요일의 오후였다. 교회에서 돌아와 쉬고 있으려니까 현관문이 드르르 열렸다.

"계십니까?"

고함을 치는 것만 같은 남자의 큰 목소리였다. 무슨 일일까 싶어 나는 현관으로 나갔다. 연극의 악역과 같은 붉은 얼굴에 칼라 와이셔츠 차림의 덩치 큰 사내가 서 있었다.

"여봐! 뭐야, 당신들 예수쟁인가?"

내 얼굴을 보자마자 남자는 부르짖었다.

"네, 그렇습니다."

나는 단호히 대꾸했다. 성경 말씀이나 교회 안내가 쓰여 있는 게시판을 보고 사내는 내 집에 시비를 걸러 왔던 셈이다.

"너희들, 어째서 그런 사교를 믿고 있지? 그리스도는 사형된 사내가 아냐. 그런 자를 믿어 무슨 소용이 있지! 이제 두고 보라구. 그런 자를 믿고 있다가는 머리가 일곱 개로 빠개져 칠전팔기의 고통을 만날 거다."

속으로 웃음이 나왔지만 얌전히 듣는 표정을 짓고 있었다.

"일본에는 일본 고래의 종교가 있는 거야. 그렇건만 외국의 신 따위를 믿다니. 그러고서도 일본인인가!"

나는 그만 웃음을 터뜨렸다. 예순 가까운, 이 터무니없이 거친 남자는 불교가 서기 552년에 중국에서 건너왔음을 학교에서 배우지 않았던 것일까? (일본에선 558년 설과 552년 설의 두 가지가 있고, 사실은 백제를 거쳐 전파됨) 불교도 중국이라는 외국에서 건너온 것이다. 일본 고래의 것이 그렇게도 고맙다면 왜 신화시대처럼 길게 머리를 길러 짚으로 동여매고 '야마토 다께루'처럼 흰 저고리 바지를 입지 않는가. 그런데 정작 외국 도래의 가죽 구두를 신고 바지를 착용하고 있지 않은가.

(짚신이라도 신고 있는 게 어떻습니까?)

하고 싶을 참이다.

내가 웃자 남자는 더욱 맹렬히 성을 냈다.

"당신, 웃었겠다! 그 웃은 몫만큼 벌을 받을 것이다."

　무릎꿇고 있는 나를 사내는 우뚝 선 채로 노려보았다. 혹시 칼이라도 갖고 있는 게 아닐까 하여 순간 나는 으스스한 느낌이 들었지만 웬지 이상히도 침착했다. 나는 또 웃고 있었던 모양이다. 그는 부들부들 두 주먹을 떨고 있었는데 거칠게 문을 걷어차듯이 돌아서 나갔다.

　게시판 곁에서 아직도 무언가 외치고 있는 사나이를 나는 그대로의 자세로 잠시 보고 있다가 방으로 돌아왔다.

　"무슨 교의 신자인 듯싶군."

　미우라도 웃으며 말했다.

　그리고 나서 얼마 있다가 우리들의 집은 내년 봄까지 옮기지 않으면 안되었다. 집주인이 땅과 집을 판다고 했던 것이다.

　영림국의 관사로 들어가게 되었는데 그 곳은 전의 기숙사로서 몇 세대가 살고 있었다. 복도나 화장실의 청소는 1주일 연속의 당번직이었다. 미리 보러 갔었지만 넓은 복도가 몇 개나 있는 화장실을 청소해야 한다는 것은 나의 체력으로선 부담이 너무 컸다.

　때마침 그 무렵 내 옛친구의 부모가 집을 짓게 되어 지금의 셋집에서 나간다고 했다. 연립주택으로 8조와 6조의 방 둘에 4천엔의 집이었다. 주위는 조용하며 버스편도 나쁘지 않았다. 곧 집주인을 만나 보았더니 공무원으로서 아이도 없다면 적격이라고 했다. 이야기는 결정되었다. 다음다음날 나는 곧 보증금 2만엔을 갖고 가려고 했다. 그런 참인데 옛친구의 어머니가 찾아왔다.

　"아야꼬상, 미안해요. 집주인이 당신들에겐 집을 빌려 줄 수 없다고 하잖아요."

　자못 난처하다는 듯이 말했다.

"어머, 어째서지요?"

나는 놀랐다. 그렇게 기뻐하며 빌려 준다고 해놓고서 대체 무엇이 원인일까? 그녀는 난처한 것처럼 말했다.

"실은요, 어제 집주인 부인과 이곳을 지날 때 이번에 집을 빌리는 미우라상의 집이라고 가르쳐 드렸지요. 그랬더니 그 게시판을 보고서 이런 게시판을 세우는 사람에겐 집을 빌려 줄 수 없다고 하는 거예요."

"아, 그래요. 알았습니다. 걱정하지 마세요."

조용한 주택가에 살 수 있다고 기뻐했던 나였지만, 그렇게 말을 듣고 보니 체념할 밖에 도리가 없었다.

"아마도 그런 게시판이 있다면 사람이 많이 모여 집이 빨리 상한다고 생각했을 거예요."

친구의 어머니는 변명처럼 말했다. 이 게시판으로 항의까지 받는 일마저 있는 나는 대강 짐작이 갔다.

할 수 없이 우리들은 다른 곳에서 집을 찾기로 했다. 하지만 좀처럼 알맞은 집이 발견되지 않았다. 미우라와 둘이서 집을 찾아 다니면서 나는 곰곰이 생각했다. 이렇듯 많은 집이 있건만 우리들이 살 집은 없다. 아무리 작더라도 자기집을 갖고 있는 사람이 좋다고 뼈저리게 느꼈다.

어쩌다가 빈 집이 있어도 집세가 비싸든가 집이 너무 크든가 낡든가 교통편이 나쁘든가 하여 좀처럼 알맞은 집이 발견되지 않았다. 그렇다고 월급 2만여 엔인 우리들로는 집을 짓기란 불가능했다. 하지만 나는,

(잠깐! 과연 정말로 불가능할까?)

하고 생각했다. 대지 50평에 15평 가량의 집을 지을 수는 없는 것일까?

월 4천엔의 셋집을 빌릴 작정이었던 것이다. 4천엔씩 월

부로 갚는 정도의 빚이라면 될 터이다. 영림국에서 돈은 빌려 주지 않는가 하고 나는 미우라에게 물었다.

"50만엔까지라면 빌려는 주지만."

옳지 하고 나는 손뼉을 쳤다. 마음 내키지 않는 태도인 미우라에게 나는 개의치 않았다.

# *19*

영림국에서 16년 월부로 50만엔을 빌릴 수 있다는 사실을 알고서, 나는 즉시 다달의 판제금을 계산해 보았다. 첫번째가 원리 5천엔이고, 나머지는 차례로 조금씩 줄어가게 된다.

월 4천엔의 집을 빌릴 셈이었으므로 이 정도의 판제로 집을 지을 수 있다면 고맙다. 그러나 대지를 사면 집을 지을 돈이 없다. 어딘가 빌려 주는 땅은 없을까? 50만엔이 있다면 어쨌든 집만은 선다. 당시 평당 2만엔이면 그런 대로의 집을 지을 수 있었다.

나는 신바람이 났지만 미우라는 아무래도 마음이 내키지 않는 모양이었다.

"왜 그래요, 당신은 집을 짓고 싶지 않아요?"

나는 얼마쯤 심통이 났다.

"응…… 집 없는 사람이 많이 있는데, 집을 짓다니 황송해."

"어머, 그렇다면 더욱더 지을 수 있는 사람은 지으면 되잖아요. 우리들이 집을 빌린다면 빌리고 싶어하는 다른 사람에게 미안하잖아요."

하지만 역시 미우라는 우울한 것 같았다.

이야기의 앞뒤가 어긋나지만, 준비가 전부 갖추고서 근무처로 대부신청서를 가져 가는 날 아침 미우라의 얼굴은 창백

해지고 몇 번이고 한숨을 지었던 것을 기억하고 있다. 공제
조합의 돈을 규정대로 빌린다고 하지만, 남자의 세계에선
이것저것 복잡한 생각을 하지 않으면 안되는 것인지도 모른
다. 나는 미우라에게 조금 미안했지만 50만엔을 대부받을
수 있음은 고마웠다.

그러나 여기저기 차용지(借用地)를 물색하고 다른 사람에
게도 부탁했지만 좀처럼 발견되지 않았다. 우리들은 새로이
집을 지을 경우에도 기독교 안내의 게시판을 세울 작정이었
다. 그러므로 뒷골목이나 막다른 곳은 곤란했다. 게시판을
세우는 데 알맞은 장소라야 하는 것이 토지를 선정하는 제 1
조건이기도 했다.

하지만 빌려 주는 땅이 발견되지 않은 채 나는 어느 날 주
택 회사의 존재를 알게 되었다. 나는 집을 짓고 싶지만 땅을
살 돈은 없다고, 주택회사를 찾아가 상담을 해보았다. 차용
지는 얼마든지 있다고 사원은 말했다. 나는 곧 미우라와 함
께 그 땅에 가 보았다. 도심에서 버스로 15분 거리의 히가시
마찌 3가라는 정류소에서 우리들은 내렸다. 주위 일대가 푸
른 논이다. 벼가 크게 자랐고 길가의 풀도 어린이 키보다 크
게 자라고 있었다. 드문드문 집이 있을 뿐 사람 모습은 없고
참으로 쓸쓸했다.

이런 곳에 집을 짓기는 싫다고 생각하면서도 우리들은 지
주의 집에 갔다. 공교롭게도 주인은 부재중이고 작업복 차
림의 부인만이 있었다. 주인이 부재라 이야기는 성사되지
않았고 우리들은 곧 되짚어 온 버스에 탔다. 버스는 1시간
에 두 번 밖에 다니지 않는 불편한 곳이었다.

지금 생각하면 도심에서 버스로 15분 거리라면 결코 불편
하지는 않은 곳이다. 하지만 시내에서 자라 변두리와는 인

연이 없었던 나는 아주 멀고 외진 곳으로 생각되었던 것이
다.

버스 안에서 나는 방금 만나고 온 지주 부인의 얼굴을 어
딘가에서 본 것만 같은 느낌이 들었다. 어디서 만난 얼굴일
까 하며 그 둥근 얼굴의 어딘지 이국적인 얼굴 생김을 떠올
리고 있는 사이, 문득 생각이 났다. 내가 여학교 1년 때
4년생으로서 클라스 위원을 하고 있던 우수한 학생이었다.

그런 사람이 용케도 노동이 심한 농가에 출가했다 싶었
다. 나는 경탄했다.

주택회사의 사원은 이튿날부터 아침 저녁으로 내 집을 찾
아왔다. 상담에 응해 준다고 하기보다,

"어쨌든 계약의 도장만이라도 찍어 주십시오."

하고 졸라대는 것이었다. 그것이 마음에 걸렸다. 미우라도
왜 그리 서두르는지 수상하다며 모든 것을 납득하고서 도장
을 찍는 게 순서가 아닌가 하고 말했다. 나는 갑자기 그 주
택회사에 집을 지어 달라는 생각이 없어졌다. 웬지 싫어진
것이다. 계약을 서두르는 것은 회사 자체의 방침인지 그 사
원 개인의 생각인지는 모른다. 어쨌든 거절하기로 우리들은
결정했다. 사원은 어물어물 말했으나 딱 잡아떼고 거절했
다. 인감은 중요한 것이라고 평소 미우라로부터 듣고 있었
으므로 날인을 재촉하는 방식에 의심을 품었던 것이다.

여기서 우리들은 딱 막히고 말았다. 세상에는 악덕 건축
업자도 있다고 한다. 선금을 받고 달아나고 마는 이야기도
몇 차례 듣고 있었으므로 신중하지 않을 수 없었다.

그런데 우리들의 이야기를 들은 친구 마쯔다상이 말했다.

"재판소의 지정업자로서 좋은 업자가 있지요. 그 사람이
지은 관사는 전일본의 관사 중에서도 가장 확실한 것 같습

니다."

우리들은 곧 그 사람에게 부탁하기로 했다.

"계약할 때는 내가 입회해 드리겠어요. 법률에 대해선 내
가 전문가이니까."

라고 마쯔다상은 말해 주었다. 재판소 근무의 마쯔다상이
그 지정업자에게 부탁하는 것이므로 무게도 있다고 우리들
은 기뻐했다. 곁에서 보고 있노라면 세상 모르는 우리들이
너무도 위태롭다고 보였을 게 틀림없다. 세상을 모르는 일
도 이렇게 되면 다행이다.

그날은 9월 14일 저녁 식사가 끝난 뒤였다. 마쯔다상의
소개라는 재판소의 지정업자가 우리집을 찾아왔다. 방에 안
내하고 여러 가지로 이야기를 들었다.

"집은 보통 일생에 한 번 밖에 짓지를 않으니, 그런 집을
엉터리로 짓거나 한다면 언제까지라도 손가락질 받게 됩
니다. 나는 부모님 대에 집을 지었다면 그 아들의 대까지
짓게 하고 있지요."

무척이나 일에 확신을 가진 말이며 60 가까운, 자못 기세
가 좋은 장인(匠人) 기질의 지위인 것이다. 관청의 지정업자
라 하면 무슨 '구미'니 무슨 건설회사니 하는 게 보통인 모
양이다. 재인의 지위가 지명업자로 되어 있음은 어지간한
실적과 신용이 있다는 증거이리라. 싱글벙글 이야기하고는
있지만 그 한마디 한마디에는 무서운 기백이 깃들어 있었
다. 이런 목소리의 투를 나는 기억하고 있다.

(닮았어!)

얼마 전 게시판을 보고 소리를 질러 가며 찾아온 남자의
목소리를 나는 생각해 냈다. 뱃속부터 나오는 이런 목소리
가 그 남자와 똑같다고, 나는 스즈끼 지위의 얼굴을 보았다.

(어쩌면 이 사람도 극단한 기독교 배척자인지도 모른다. )
  그 남자처럼 기독교를 사교라고 생각하고 있다면, 이는
곤란한 것이 된다. 우리들 크리스찬은 '신관'도 부르지 않고
부정을 쫓는 '예방'도 하지 않는다. 단지 상량식 때 목사가
성경을 읽고 기도하기로 되어 있다. 만일 이 사람이 기독교
는 사교라고 잔뜩 믿고 있다면 목사의 기도나 성경의 말씀
도,
  "재수없다!  부정탄다!"
고 할 것이 아닌가. 그렇다면 큰일이다. 그러므로 처음부터
우리들이 크리스찬임을 분명히 해 두는 게 좋다고 생각했
다. 어두워져 찾아온 스즈끼 지위에겐 게시판이 눈에 띄지
않았을 게 분명하다.
  "지위님, 우리들은 실인즉 기독교 신자로서 상량식에는
  목사님이 와주기로 되어 있지요…….."
라고 말하자 지위는 갑자기 얼굴을 빛내며 말했다.
  "호오, 나도 크리스찬입니다. 그렇다면 같은 신앙의 형제
  들 집을 짓는 것이니까 돈벌이를 할 수는 없겠는데요."
  뜻밖의 말에 나와 미우라는 놀라 얼굴을 마주 보았다.
  지위는 전에 우리들의 로꾸조 교회에 드나들고 있었던 일
이며 시내의 교회를 몇 개 지은 것 등을 이야기하기 시작했
다. 게다가 전쟁중 성경을 배낭에 넣고 출정하여 전지에서
교회를 방문하고 식량에 어려움을 겪는 중국인 목사를 도와
준 이야기며, 귀국 후에 특고(特高 ; 특별고등경찰, 사상범을
담당했음) 형사에게 미행된 이야기 등을 해주었다. 매우 에
피소드가 많은 사람으로서 우리들은 끌려 들어가듯이 지위
의 이야기에 귀를 기울였다.
  귀를 기울이면서 나는 자신의 어리석음이 우습기만 했다.

단지 목소리의 투가 비슷하다 해서 항의를 하러 온 남자와 사상까지 같다고 생각하다니 얼마나 경솔한 노릇일까. 더욱이 이런 선입감을 우리들은 왕왕 갖는 게 아닐까?

지위가 돌아가고 나서 나는 미우라에게 말했다.

"하나님이 정말로 계시네요."

미우라도 끄덕였다. 자리에 들고 나서도 나는 지위와의 대화를 떠올리고 있었다.

"저희들에겐 대부받는 50만과 나머지 10만 정도 밖에 없습니다만……."

하고 내가 말하자 지위는 말했던 것이다.

"분명히 그렇게 말해 주면 일을 하기가 쉽지요. 그걸로 훌륭하게 지어 드리겠어요."

마침내 마쯔다상의 입회로 계약서도 불필요했다. 나는 새삼스레 게시판을 집 앞에 세워 둔 일의 이상한 주님 은총을 생각했다. 게시판의 덕분으로 빌릴 집이 거절되었고, 그 덕분으로 오히려 집을 짓게 된 것이다. 만일 게시판을 세우지 않았다면 나는 방 둘인 집에 살고 있지 않으면 안되었다.

게시판 때문에 항의를 받았고, 그 까닭으로 처음부터 분명하게 기독교임을 알린 것이 우연히도 같은 신앙의 지위를 기쁘게 만들었다. 게시판의 덕분은 참으로 위대했다.

한편 집은 그럭저럭 짓는다 하여도 대지가 없었다. 우리들은 여러 가지로 이야기했지만 명안이 떠오르지 않았다. 생각한 끝에 나는 전 동료였던 히가시마찌 국민학교의 니다하라 교감에게 편지를 썼다. 학교의 부형으로 땅을 빌려 주는 사람이 없는가 하는 의뢰 편지였다. 이윽고 히가시마찌 3가에 있는 이시쿠라 요시마쯔씨의 집을 찾아가면 토지를 빌려 줄 것이라는 답장이 왔다. 두 사람은 곧 버스로 찾아갔다.

 가 보았더니 놀랍게도 그 집은 주택회사의 사원에게 안내
되어 방문한 지주의 집이었다. 논 가운데의 쓸쓸한 장소였
지만 두 번이나 같은 곳에 온다는 것은 이곳에 살라는 하나
님의 뜻일지도 모른다. 두 사람은 곧 도면을 보여 달라 하고
서 빌릴 땅을 정했다. 버스 정류장에서 걸어서 백보도 되지
않는 장소였다. 우리들은 우리의 집이 세워질 땅 위에 서서
진심으로 감사했다. 관개수의 수로에 깨끗한 물이 흐르고
바닥에는 미꾸라지가 헤엄치고 있었다.

 차용지의 계약을 하고 안심한 두 사람은 두세 마장 떨어진
가게의 상황을 보러 갔다. 비교적 큰 가게로서 일용의 필수
품은 거의 갖추어져 있었다. 가게로 가는 도중 우리들은 굵
고 큰 무지개를 보았다.

 집을 짓는 소망을 갖고서 아내와 찾은 들에 선명하니 무지
개가 걸렸다. ──미쯔요

 이런 일이 있은 직후 편지친구인 키무라 미와꼬상이 찾아
왔다. 그녀는 물리학자로서 우리들과 같은 기독교인이었다.
홋까이도 대학에서 열리는 학회에 참석하기 위해 삿포로에
왔고, 그 걸음을 아사히까와까지 이어 주었던 것이다. 내가
땅을 빌렸다고 말하자 그녀는 그 곳을 보여 달라고 했다. 그
래서 나는 그 곳에 안내했다. 그녀는 나의 토지 앞에 서서
진심을 다해 기도해 주었다.

 "미우라상 부부가 이곳에서 하나님의 영광을 나타낼 수
 있게 해주옵소서. 하나님, 부디 두 사람을 축복해 주십시
 오."

  지금도 그녀의 진실된 기도가 때때로 선명하니 귓속에서
살아나는 일이 있다. 이 기도는 내가 평생 잊을 수 없는 기
도 중의 하나이다.

# *20*

당시의 일기를 보면 일주일에 한 번, 성경 낭독회를 우리들 집에서 열고 있었다. 친구들도 마쯔다 오히로상을 비롯하여 의사인 무라야마 야스노리, 사카베 노우, 쿠로에 쓰도무, 다다 아이꼬, 오토 히데꼬 등등 성경을 읽는 동료의 이름이 기록돼 있다.

사람이 줄곧 드나드는 가정이란 즐거운 법이다. 나는 사람과 만나는 일이 좋고 금방 사람들에게 호감을 갖는다. 하지만 이런 나를 미우라는 자기의 고향에 데려간다고는 좀처럼 말하지 않았다. 물론 몸이 약한 탓도 있었지만, 내가 유별날 만큼 위생관념에 대해서 까다롭기 때문이었다.

예를 들어 나는 솔을 다섯 개쯤 준비한다. 식기를 닦는 솔, 냄비를 닦는 솔, 싱크대를 닦는 솔, 도마를 닦는 솔, 밀울을 닦는 솔 등 참으로 까다롭다. 손은 몇 번 씻는지 짐작도 못할 정도이고 식기는 매일 끓이며, 물론 행주도 반드시 살균한다. 더욱이 새하얀 행주가 아니면 안되는 것이다. 사과 껍질을 벗길 때 결코 과육(果肉)에 손가락이 닿아선 안된다. 젓가락을 식탁에 그대로 놓아서도 안된다. 파리가 한 마리라도 있으면 큰 소동을 벌이면서 쫓아다니고 파리가 앉았던 것은 절대 먹지 않는다. 생선은 물론이고 고기나 달걀도 몇 번씩 냄새를 맡는다.

미우라의 고향은 농촌이다. 말이나 돼지를 기르고 있는

136

이상 파리가 없을 수는 없다. 그런 곳에 나 같은 사람을 데리고 간다면 어떤 일이 일어나겠는가. 어딘지 불안했을 게 틀림없다.

"아야꼬는 데리고 갈 수 없어."

미우라는 되풀이 그렇게 말하고 있었던 것이다.

그런데 미우라의 사촌동생 결혼식 초대장이 고향에서 날아들었다. 나는 몹시 기뻐하며 곧 미우라와 같이 가기로 했다. 미우라도 기뻐하는 나를 보고서 체념했는지 동행을 허락해 주었다.

미우라의 고향인 기타미 다끼노우에는 미우라의 아버지가 1920년대 후쿠시마(福島綿)에서 옮겨 와 농민으로 정착한 고장이었다. 당시는 울창한 원시림이었는데, 나무를 한 그루 벨 적마다 하늘이 열리고 그런 하늘을 향해 아버지와 어머니는 환성을 올렸다고 한다. 막 입는 옷이 떨어져서 끝내는 소중한 예복(예복이라 해도 무명 내리닫이 옷에 家紋이 박힌 것)마저 들옷으로 사용했다는 이야기도 했다.

미우라의 아버지는 몇 년 뒤 형님과 장인에게 따비밭을 남겨 주고 도쿄로 갔다. 도쿄에선 전매청에 근무하든가 시전(市電)에 다니든가 하면서 살림을 꾸려 나갔다. 미우라는 다이쇼(大正) 13년(1924) 도쿄에서 태어났다. 당시의 아버지 일기가 잉크 자국도 검게 남아 있다. 나에게 있어서도 귀중한 기록이므로 조금 인용하고 싶다. 꼼꼼한 미우라의 아버지는 하루도 거르지 않고 일기를 쓰고 있었다.

다이쇼 12년(1923) 7월 2일 월요일, 맑음
무사히 근무를 마쳤다. 부부가 함께 〈시바우라〉를 구경했다. 비 온 뒤의 바다가 참으로 아름다웠다. 신은 인간에게 이런 아름다운 바다를 주었던 것이다. 그리하여 주어진 이 바다를 보고서 기뻐하는 자는 참으로 행복하다. 아내여, 그대도 그렇게 생각하고 신에게 감사해 다오.

7월 11일 수요일, 맑음
무사히 근무를 마쳤다. 매일 근무를 무사히 마칠 수 있음은 행복하다. 기도의 시간도 행복하다.

7월 28일 토요일, 맑음
겨우 여름다워졌다. 노동하지 않아도 이렇게 더우니, 노동자는 얼마나 더울지 모른다.
무사히 배웠다(원주＝시내전차 운전강습).
아내, 임신의 낌새가 있음. 혹시? 도리가 없다. 재정적으로는 어렵지만 금전으로는 구할 수 없는 것이니, 주어진 것이라면 낳게 하자. 감사하면서(원주＝이 아이가 미쯔요이다).

9월 1일 토요일, 오전에 비온 뒤 맑음
오전 7시 10분 출근하여 수사끼 방향으로 회송(回送；당시의 전차는 순환선이었음)하고, 점심 식사 뒤 12시 3분 제 3 회 운전으로 욘노미야까지 가자 정전이 있음. 금방 강지진이 있고 기왓장의 낙하, 벽의 붕괴, 담이 쓰러지고 집이 찌부러지는 일이 있었음. 남녀노소의 울부짖는 소리. 집에서 뛰어나와 모두 전찻길로 피난했다. 이윽고 화재가 난 듯 검은 연기가 하늘로 오르다.
오후 2시, 가족에게 별고 없는가 귀가해 보니 의외로 무사함을 보고서 기뻐하다.
밤, 시내는 수도관의 파열로 불을 끄지 못하고 방임하고 있다는 이야기. 화재는 실로 뭐라고 형용할 수 없음.

　이 9월 1일은 두말 할 것도 없이 '간또 대지진(關東大地震)'의 날이다. 놀랍게도 이날 미우라의 아버지는 지진이 계속되는 중에서도 여느 때와 마찬가지로 일기를 쓰고 있는 것이다. 시아버지는 이날도 시전을 운전하고 있었던 것이다.
　이듬해 4월 4일 미우라는 메구로 후도(目黑不動; 후도는 불교의 부동명왕의 준말인데 일본은 위인도 신격화하는 관습이 있고 온갖의 것을 신앙숭배의 대상으로 삼는다) 근처에서 태어났다. 고지식한 성격과 신앙은 고스란히 미우라에게 계승되었다. 미우라는 참으로 섬세한 성격으로, 그 섬세함은 나침반의 바늘과 같았다. 나는 때때로 그를 놀린다.
　"대지진일 때 뱃속에 있었으므로 부들부들 떨리는 자석의 바늘처럼 섬세한 것이죠."
　그런 뒤 4년쯤 있다가 미우라의 아버지는 가슴을 앓고 홋까이도로 돌아갔다. 자기가 개척한 홋까이도 땅에 돌아가면 낫는다고 생각했는지 혹은 거기서 죽고 싶다고 생각했는지, 아무튼 홋까이도에 돌아가고서 얼마 안되어 시아버지는 돌아가셨다. 그리하여 미우라는 그 기타미 다끼노우에(폭포수 윗마을이란 뜻)의 산중에서 14세인 때까지 살았다.
　시아버지 무덤이 있고 미우라의 소년시절 추억이 있는 그 땅을 나는 한 번 보고 싶었다. 사랑하는 남편이 아침 저녁 바라본 산이나 냇물을 나는 보고 싶었다. 남편이 걸은 길을 나도 걷고 싶었다. 단순하지만 강력한 이런 소망을 갖고서 나는 미우라와 함께 그의 고향을 찾았던 것이다.
　안개가 짙은 이른 아침 우리들은 기차를 탔다. 10월 14일의 새벽 5시, 아직도 밝지 않은 역전 광장은 물빛의 안개가

흐르고 있어 아름다웠다. 소야 본선을 2시간 반쯤 달려 나
요로에 도착했다. 도중 아침 해가 산끝에서 나타났다가는
숨고 또 나타나곤 하였다. 나는 차 안에서 자려고 마음먹었
지만 단풍에 눈길을 빼앗겨 잠을 이루지 못하고 나요로에서
갈아탄 다음 세토우시까지 갔다.

불타는 것만 같은 빨강, 눈이 부시는 금색, 홋까이도의 단
풍은 참으로 선명하다고 할까 화려하다 할까 그때만큼 아름
다운 단풍은 없었던 것만 같은 느낌이 들었다.

우리들의 버스는 세토우시로부터 굽이굽이 이어지는 고갯
길을 넘어갔다. 나는 다만 "예쁘네요, 예쁘네요"라고 바보처
럼 연발할 뿐 감탄의 말도 찾지 못했음을 기억한다.

기타미 다끼노우에의 산도 아름다웠다. 이런 아름다운 산
속에서 10년 남짓이나 남편은 살았던 것일까, 나는 깊은 감
동을 갖고서 산들의 단풍을 바라보았다.

하지만 아름다운 경치 속에 서서 나는 커다란 분노를 느꼈
다.

내가 분노를 느낀 것은 미우라의 큰집 식구들이 40년 경
작했다는 밭을 보았을 때였다. 그것은 얼마나 돌멩이가 많
은 밭이었던가. 돌 가운데 흙이 섞여 있다고 할 만큼의 인상
이었다.

(이것이 40년 경작해 온 토지의 모습인가. )

나는 그 곳에서 관청의 허술한 실태를 본 것만 같은 느낌
이 들었다.

개척자들은 오랜 세월 살아온 고향에 작별을 고하고 새로
운 천지에 일생을 걸고서 홋까이도 개척에 나섰을 터였다.
하지만 관리들은 1매의 지도를 펼치고 지도상에 비어 있는
곳을 개척지로 할당할 뿐의 일만 하고 있었으리라. 담배라

도 피워 가며 사람의 일생과 운명을 가벼이 정했을 게 분명
한 관리의 모습을 떠올리면서 나는 성내지 않을 수가 없었
다.

　가엾게도 미우라의 아버지와 그 가족들은 이런 자갈땅에
일생의 꿈을 걸고서 머나먼 후쿠시마로부터 건너왔던 것일
까? 인간을 소중히 하지 않는 행정의 자세를 나는 뼈저리게
실감한 것만 같은 느낌이 들었다.


　──돌 많은 밭으로 사람은 괴로워도 주위의 국유림은 풍
부히 우거졌네.


　서투른 노래에 분노를 담아 나는 그렇게 노래불렀다.
　그럼에도 남편이 자란 산 속에 와서 나는 기뻤다.


　──임에게서 산림 철도가 있던 길이라 들으며 밝은 숲속
을 걷노라.
　버섯도 감자도 무도 뒷산에서 갓 캔 것을 지금 먹노라.


　소년시절의 남편 모습을 연상하면서 둘이서 숲에 들어가
든가 깊은 계곡을 굽어보든가, 조릿대 덤불 속에 돌을 놓았
을 뿐인 미우라의 아버지 묘소를 참배하든가 했다.
　파리는 확실히 많았지만 나는 파리가 앉은 밥도 반찬도 태
연히 먹었다. 미우라와 그때 트럭으로 뒤따라온 미우라의
형님보다도 나는 많이 먹었다. 덕분에 미우라로부터,
　"아야꼬는 붙임성이 있는 여자야."
라고 몇 번이고 칭찬을 받을 정도였다. 나로서는 산속의 깨
끗한 공기를 마셔 마음과 몸이 한결 가벼웠을 뿐이었던 것이

다. 이로부터 미우라는 나를 어디에고 데리고 갈 수 있는 자
신감이 생긴 모양이었다.

# *21*

이듬해 봄, 우리들은 방 하나뿐이었지만 즐거웠던 집에 작별을 고하고 로꾸조 10가에 있는 로꾸조 교회의 목사관으로 옮겼다. 나카지마 목사가 미국으로 유학을 떠나게 되고, 후임 목사가 정해지기까지 목사관은 비어 있게 되었다.

우리들이 살고 있던 집은 주유소를 세운다고 4월까지 비워 달라고 했으므로 집이 완성되기까지 갈 곳이 없었다. 그런데 나카지마 목사가 우리들에게 목사관을 지켜 달라고 말씀해 주셨던 것이다.

이 나카지마 마사아끼 목사는 내가 글을 씀에 있어 중요한 계기를 만들어 주신 분이다. 약혼식도 결혼식도 이 목사님의 주재였었다.

"결혼식을 올렸다고 해서 즉시 부부가 되었다고는 할 수 없다. 부부란 일생을 두고 서로 노력해야 이루어지는 것이다."

라고 결혼에 즈음하여 우리들에게 말씀해 주셨다. 이 말씀은 우리들에겐 심히 감명깊은 가르침으로 지금까지 이야기되고 있다.

유학가기 5개월쯤 전이었다. 목사님은 나를 불러 말씀하셨다.

"「소리」에 소설을 써 주세요."

"소설이라니, 전 쓸 수 없어요."

나는 놀라서 단호히 말했다. 「소리」는 당시 로꾸조 교회에
서 내고 있던 월보였다.

"아니, 쓸 수 있어요. 1년 연재인데, 소설이 어렵다면 수
필도 좋아요."

나카지마 목사님은 내 말에 아랑곳도 하지 않고 말씀하셨
다.

"전연 서투릅니다. 부디 다른 분에게 부탁해 주세요."

"아뇨, 당신은 반드시 쓸 수 있는 사람이에요. 괜찮겠지
요?"

마지못해 나는 승낙했다. 지금 생각하여도 나에게 왜 주
목해 주셨는지 나로선 모르겠다. 어쨌든 나카지마 목사님이
야말로 나에게 있어 소설 원고를 의뢰해 주신 최초의 분인
것이다.

나는 즉시 펜을 잡았고, 석 달치를 한꺼번에 써서 목사님
께 드렸다. 〈어두운 나그네 길에서 방황하며〉라는 제목이었
다.

"평판이 좋아요."

제1회가 발표되었을 때 목사님은 싱글벙글하며 말씀하셨
다. 하지만 목사님이 유학을 가게 되자 게으름뱅이인 나는
목사님이 아사히까와를 떠남을 다행으로 여기며 뒤의 원고
를 쓰지 않았다. 이러한 일이 바탕이 되어 나는 그해 「슈후
노또모」(주부의 벗)에 〈해는 다시 지지 않는다〉를 내게 되었
다.

목사관의 생활은 바빴다. 지금까지는 자고 싶을 때 쇠를
걸고서 누워 있을 수 있었지만 목사관은 그럴 수가 없었다.
첫째 방만 하더라도 아래층이 넷, 위층이 둘이었으므로 청
소가 큰일이었다. 주방도 지금까지의 갑절 이상이나 되었

다. 그중의 하나가 교회 사무실로 되어 있어 서기인 고노데
라 시즈꼬상이 언제나 일하고 있었다. 사무실을 찾는 손님
이 끊임없고, 전화도 아침부터 밤까지 걸려왔다. 교회 식구
가 늦게까지 사무실에서 봉사하고 있을 때에는 우동 따위를
삶아서 내놓기도 했다.

한편 인접의 예배당을 둘러보고 화기와 문단속에도 주의
한다. 그러나 막상 자려고 하는 10시쯤 쾅쾅 문을 두들기며
사람이 방문한다. 보지도 알지도 못한 여성이 힘없이 서 있
거나 술에 취한 사내가 뛰어들거나 한다. 안에 들어오게 하
여 이야기를 듣는데, 가정의 고뇌, 직장의 불평, 연애의 갈
등 등 잠자코 듣게 되면 언제까지나 계속된다.

우리들은 목사가 아니다. 목사관지기에 불과하다. 그러나
그들은 끊임없이 호소한다. 특별히 기독교를 구하는 것도
아니고 단지 자기의 하소연을 들어 달라는 사람도 있다. 직
장의 대우 등 우리들에게 호소해 본들 어쩔 수 없는 일까지
사정한다.

내방자는 그뿐이 아니었다. 걸인도 많았다. 비럭질뿐이라
면 그래도 좋았다. 어느 날인가는 햇볕에 그을린 젊은 사내
가 찾아왔는데, 공교롭게도 서기인 고노데라상은 외출중이
고 나 혼자였다. 남자는,

"방금 교도소에서 나왔어. 아사히까와에서 하꼬다데로 돌
아갈 돈이 필요해."

라고 말했다. 정말로 교도소에서 나왔는지 어떤지 모르지만
기분이 좋은 일은 아니었다.

"어머, 어째서 교도소에 들어갔지요?"

"그런 것 알아서 뭣해?"

상대편은 허를 찔린 것만 같은 표정을 지었다.

"그게 아니고요, 나도 교도소에 많은 친구가 있어요."

"친구 ?"

사내는 눈이 동그래졌다.

"그래요. 사람을 둘 죽이고서 치바에 있는 사람이며, 현재 사형수로서 센다이의 교닝쯔카에 가 있는 사람이며, 후쿠오카의 기타니라는 유명한 사형수도 있죠. 기타니상이라면 유명하니까 당신도 알고 있겠지요 ?"

"그런 자식 알 게 뭐야."

"어머나, 몰라요 ?"

나는 곧 일어나서 둘로 접히는 사진틀을 가져 왔다. 한쪽에는 우리들의 결혼식 사진이 들어 있고 한쪽엔 사형이 집행된 S 라는 친구, 그리고 그 아래에는 깁스 베드에 누워 있던 당시의 내 사진이 넣어져 있었다.

"봐요, 이 사람이죠. S 라고 하는데, 마쯔키(厚木)의 두 사람 살해로 오랫동안 독방에 있다가 작년에 형이 집행되었죠. 이 사진의 얼굴은 무섭지요 ? 하지만 그리스도를 믿고 열성적인 크리스찬이 되었죠. 내가 이렇듯 누워 있을 때 엽서 값도 없어 쩔쩔매고 있었는데, 그때 이 사람이 우표를 곧잘 보내 주곤 했었지요. 교도소에 들어갔다고 해서 꼭 나쁜 사람만은 아니에요."

으스스하게 기분이 나쁜 사내였지만 나는 열심히 설명했다.

"뭐야, 부인도 교도소에 들어갔었어 ?"

"들어갔었지요. 13년 동안이나."

내가 들어갔던 곳은 창살 없는 감옥이었다.

"흥 !"

사내는 말끄러미 내 얼굴을 보았다. 정체 불명의 여자라고 생각했으리라. 한쪽 눈이 다른 눈의 갑절이나 되는 짝짝이 눈의 사내였다.

"교도소에서 나왔다고 너무 뽐내면서 다니지 말아요. 나중에 나오는 동료가 피해를 입어요. 그리고 교도소 안의 인간도 교도소 밖의 인간도 마음은 그리 다를 게 없어요."

사형수를 몇 명 알고 있다고 말했을 뿐으로서 나는 약간 우위(優位)에 섰다. 사실 나와 미우라는 사형수나 무기징역의 사람과 친히 편지 왕래를 하고 있었다. 사형이 집행된 S는 간또에선 알려진 '야쿠자'의 간부급이었는데 입신(入信)하고서부터는 재소자에게 열심히 전도했고, 우리들 그룹이 일으키고 있던 감형 운동도 사양하며 사형대에서 사라졌던 것이다.

교도소 안에 있는 자는 나쁘고 밖에 있는 자만이 좋다고할 수는 없다. 밖에 있는 자 또한 교도소에 들어갈 가능성을 갖고 살고 있는 것이다. 당연히 들어가야 할 자가 법망을 피하고서 당당하게 이 세상에 큰소리치고 있는 일마저 있는 것이다.

"하꼬다데까지 얼마가 필요해요?"

"됐어. 알았어."

사내는 조금 비뚤어진 것처럼 말했다.

"하꼬다데에 가려면 빨리 가도록 해요. 하지만 하꼬다데에 간다고 해 놓고서 이 근처에서 딱 마주친다면……."

내가 말하자 사내는 머리를 긁적거렸다.

"교도소를 나온 사람은요, 죄값을 치렀으니까 좀더 남자답게 행동해야 해요. 당신도 아버지나 어머니가 있겠지요?"

"알았어. 배짱도 큰 여자로군."

사내는 나가 버렸다. 나는 안도의 한숨을 내쉬었다. 배짱
은커녕 무서워 견딜 수가 없었던 것이다. 가가와 도요히꼬
(賀川豊彦 ; 유명한 기독교 문학자) 선생은 좀더 악질인 사내와
생활을 함께 하고 계셨다는 것과, '사랑에는 두려움이 없다'
는 성경의 말씀을 떠올리며 나는 속으로 덜덜 떨고 있었던
것이다.

방문자는 한밤중에도 있었다. 즉, 도둑이었다. 뒤꼍에 숨
어든 발소리로 우리들은 재빨리 알아차렸기 때문에 세 번이
나 도둑은 달아났다. 교회에 침입하는 도둑 따위는 아마도
겁장이일 것이 분명하다. 만일 들켜도 목사라면 용서해 주
겠지 하며 얕보고 오는 게 틀림없다. 그렇긴 해도 겨우 두
달 남짓인 동안에 세 번이나 도둑이 노렸다는 점에서 목사관
은 곧 놀라운 곳이라고 생각되었다. 어느 목사관이건 도둑
이 들어 피해를 입는 일은 무리가 아니다.

# 22

이리하여 목사관에 살게 된 우리들은 두 달 남짓으로 지치고 말았다. 만약에 진짜 목사님이었다면 전화도 방문자도 더욱 많았을 게 틀림없다. 사생활은 전혀 없다고 해도 좋았다. 우리들은 새삼 목사와 목사 가족의 어려움을 알았다. 목사는 1주에 한 번 설교하면 될 뿐인 매우 편한 직업이라고 생각하는 사람이 있다. 하지만 목사는 이밖에 유치원 원장으로서의 소임, 교직자나 위원회, 환자 병문안이며 가정 방문, 설교 준비, 교구의 회의, 다른 교회와의 갖가지 관계 등등 많은 일이 있다. 게다가 겨울철엔 10개나 되는 스토브의 불 피우기, 넓은 대지의 눈치우기 등의 일거리도 있다.

하나님의 말씀을 전한다고 하는 숭고한 사명에 일생을 바치는 목사의 다망함, 그것에 비교하여 물질적으로 얼마나 보답이 적은 생활이겠는가. 일반의 사람들은 자기의 이익 때문에 다망하지만 목사는 항상 남을 위해 다망한 것이다.

여기서 얻은 우리들의 교훈은 컸다. 그리고 우리들이 얻은 보수도 너무 큰 것이었다. 그것은 미우라의 병이었다.

그날도 몇 명인가의 내방자가 있었고, 교회에선 모임이 있었다. 저녁식사 후 미우라는 조금 배가 아프다고 하면서 야전침대에 누워 있었다. 그날 밤도 수상쩍은 사내의 그림자가 보였으므로 나는 교회의 청년 누마다 스스무상에게 자도록 했다.

　미우라의 복통이 심해져 밤중에 의사의 왕진을 청했다. 누마다상은 친절히 약을 가지러 가 주거나 했다. 의사는 식중독인 듯싶다고 했다. 나는 적어도 식사에 관한 한 참으로 위생적이라는 자부심이 있었다. 식중독이 될 만한 것을 남편에게 드린 기억이 없었다.

　이튿날 다시 의사를 불렀다. 의사는 미우라의 배를 누르고 아프냐고 물었지만, 미우라는 그리 아프지는 않다고 대답했다. 문득 나는 귀 채혈은 왜 하지 않는 것일까 의문을 품었다. 만일 맹장염이라면 백혈구가 늘고 있을 터이다. 무엇이고 말을 거침없이 하는 내가 왜 그때에 한해서는 입을 다물고 있었는지 지금 생각해도 화가 치민다.

　그날 밤이 되어 미우라는 구토증마저 있었다. 어떻게 해줄 도리가 없어 나는 또 의사를 불렀다.

　"맹장이라면 무척 아플 텐데."

　의사는 고개를 갸웃했다. 미우라는 역시 별로 아프지 않다고 했다. 나는 이상했다. 의사가 없으면 괴로워하면서 의사가 오면 미우라는 별로 아프지 않다고 대답하는 것이다. 내 자신 맹장을 수술한 경험이 있다. 나의 경우는 아픔다운 아픔을 느끼지 못했다. 그것을 미우라에게 말했지만 맹장을 의심하지 않는 모양이었다.

　미우라는 일찍이 방광 결핵을 앓았다. 그 아픔은 못뽑이로 뽑히는 것 같은 아픔으로서 누워 잠잘 수 없을 정도였다고 했다. 그런 아픔을 3, 4년이나 경험한 미우라로선 통각(痛覺)의 척도가 어긋나 있었는지도 모른다.

　6월 1일 아침 마쯔다 오히로상이 초밥을 가져다 주었다. 어린이 운동회를 위한 초밥이었다. 나는 미우라의 병을 알렸다. 미우라의 병세를 본 마쯔다상은 즉시 의사에게 전화를 걸어 주었다. 이틀 밤을 거의 자지 못한 나는 머리가 몽롱해져 있었다.

의사는 와 주었지만 역시 신통한 것이 없었다. 나는 미우라의 어머니에게 전화를 했다.

"배가 아프고 구토증이 있다면 맹장이지요."

시어머니는 말씀하셨다. 나는 다른 의사에게 보일 결심을 했지만 어느 의사를 불러야 좋을지 몰랐다. 그때 나는 한 생각이 났다.

삿포로 의과대학 병원에 입원중일 때 사귄 친구로서 나라베 아끼꼬라는 분이 있었다. 카리에스를 앓고 있었지만 그녀는 깁스 베드에 제대로 누워 있을 수 없을 만큼 식후에는 반드시 위장이 아프다고 하며 꼬챙이 같은 몸을 새우처럼 구부리고 괴로워하는 것이었다. 하지만 초조해 하지도 않고 총명하며 다정한 사람이었다.

마침내 그녀는 북대병원에 입원했다. 그 뒤 이런 편지를 보내 왔다.

'아사히까와의 시립병원에 시바다 선생이라는 분이 있을 거예요. 책임감이 있는 진실된 선생이므로 병일 때 진단 받으면 좋을 겁니다. 제가 안부 전한다고 말씀해 주세요.'

나는 이 편지가 생각났다. 긴 요양으로 나와 나라베상은 오진이라는 기분 나쁜 꼴을 몇 번이나 당했었다. 그런 나라베상이 추천하는 의사라면 신뢰할 수 있으리라.

나는 곧 시바다 선생에게 전화를 걸었다. 식사도 못하고 계속 아파하는 미우라는 축 늘어져 있었다. 나는 불안해 견딜 수 없었다. 시바다 선생은 나라베상의 편지에 대해 말했더니 곧 와 주었다. 과연 청진기를 대는 법이 신중했다.

"곧 귀 채혈을 합시다."

선생은 일단 병원에 돌아갔다. 귀 채혈의 결과 백혈구에 변함은 없다고 했다. 선생은 고개를 갸웃했다.

"시간이 경과되고 있으니까 파열하고 있다면 백혈구에 변함이 없는 일도 있지요. 또 아프기 시작하면 전화를 해주십시오."

미우라는 역시 괴로워하고 있었다. 나는 머리에 안개가 낀 것처럼 현실감을 잃었다. 꿈을 꾸고 있는 것만 같았다.

밤에 또 마쯔다상이 왔다. 아무 것도 할 기력이 없이 미우라의 머리맡에 있는 나를 마쯔다상은 서둘러 의사에게 전화를 걸어 주었다. 시바다 선생은 이번엔 외과의 이시다 선생까지 동반하여 왕진을 와 주었다.

"역시 입원해야겠군요. 맹장염입니다."

마쯔다상이 구급차를 불러 주었다. 미우라는 들것에 태워져 구급차로 옮겨졌다. 마침 와 있었던 교회의 청년들이 들것을 들어주거나 병원까지 따라와 주거나 했다. 콧날이 깎인 것처럼 움푹해진 미우라의 얼굴은 흑빛이었다.

그러나 웬지 그날 밤 즉시 수술해 주지는 않았다. 나의 사촌동생인 후쿠다 레이꼬는 외과의 간호부로서 그 곳에 근무하고 있었다.

이튿날 오전 10시경 겨우 미우라는 수술실로 옮겨졌다.

"입원하여 12시간이나 버려 두다니, 때가 늦었다면 어떻게 하려는가."

나는 분개했다. 수술도 의외로 시간이 걸렸다. 나는 수술실 앞에서 신에게 기도했다. 기도하면서도 몸이 떨렸다. 만일 때를 놓쳐 죽는다고 하면…… 생각만 하여도 무서운 일이었다.

내가 누워 있는 동안 통산 5년, 미우라는 나 이외의 사람

과는 결혼하지 않는다며 기다려 주었던 것이다. 1주에 한
번은 반드시 병문안을 와 주었고, 성경을 읽으면서 함께 기
도해 준 미우라였다. 그리하여 나는 겨우 나아서 결혼할 수
가 있었다. 미우라는 서른 다섯, 나는 서른 일곱이 되어 있
었다.

결혼하여 꼬박 2년, 지금 집을 신축하고 있는데 미우라가
죽어 버린다면 어쩔까? 나만 새로운 집에 혼자서 우두커니
살아야만 하는 것일까? 나는 주저앉을 것만 같은 심정이었
다. 하지만 그때 나는 생각했다. 두 사람을 결혼시켜 주시고
집을 짓게 해주신 하나님은 새로운 집에서 무언가를 하게 해
주실 게 틀림없다고. 친구인 기무라 미와꼬상이,

"미우라상이 이 토지에서 신의 영광을 나타내게 해주시옵
소서. 부디 두 사람을 축복해 주시옵소서."
라고 빌어 준 저 기도를 들어주시지 않을 리가 없다고 생각
했다.

나중에 들었지만 미우라의 혈압이 너무나 낮아 입원한 날
은 수술이 불가능했다고 한다.

미우라의 맹장수술 후 며칠째였을까, 그날도 간호부가 링
게르 주사액을 가져 왔다. 보니까 아무래도 그 용기(容器)가
더럽혀져 있었다. 긴 머리카락 한 가닥이 내부에 착 달라붙
어 있기조차 했다. 나는 불안해서 말했다.

"그 병, 꽤나 더럽혀져 있네요. 약은 깨끗합니까?"
간호부는 나를 경멸하듯이 말했다.

"깨끗하지요. 꽤나 신경질이네요."
자신만만한 그 말에 나는 안심했다. 하지만 그로부터
20분이나 지난 무렵이었을까? 돌연 미우라가 춥다고 말했
다. 그런가 싶더니 미우라는 덜덜 떨기 시작했다. 나는 간호

부 대기실로 뛰어갔다. 링게르 주사는 바로 중지되었지만,
미우라의 오한은 심해질 뿐이었다. 이불이 몸과 함께 떨리
고 잇몸이 덜덜 마주쳤다. 6월이었지만 뜨거운 물주머니를
넣어 주었다. 그런데도 미우라의 떨림은 더할 뿐이었다.

맹장이 터져 수술중 거의 마취가 듣지 않았던 미우라의 몸
은 수술 후에도 회복하기가 어려웠다. 복부 일면에 퍼진 고
름을 빼내기 위해 튜브가 세 개나 하복부에 삽입되어 있었
다. 거기에 또 이 링게르에 의한 사고였다. 나는 내심 격렬
히 분노했다. 귀 채혈을 하지 않은 초진의 의사도, 불결한
링게르 수술을 한 간호부도 나는 용서할 수 없다고 생각했
다. 만일 이대로 미우라가 죽는다면 나는 평생 이 두 사람을
증오하지 않을 수 없으리라. 그때 문득 성경의 말씀이 떠올
랐다.

'우리가 우리에게 죄 지은 자를 사하여 준 것같이 우리 죄
를 사하여 주옵시고.'

라는 기도의 말이었다. 매일 우리들이 기도하는 '주기도문'
의 일절이다. 평소는 아무런 거리낌 없이 외우고 있던 이 말
이 느닷없이 나의 앞을 가로막은 것만 같은 느낌이 들었다.

나는 그때 내가 얼마나 어정쩡한 신자인가를 뼈저리게 깨
달았다. 자기에게 용서할 상대가 없을 때는 아무런 문제도
느끼지 않는 말이었다.

나의 요양중 이런 사건이 있었다. 그것은 어떤 먼 친척의
부자 모두가 살해된 사건이었다. 나는 그 부자와 만난 적은
없었지만 조금이라도 연관이 있다 해서 상당한 충격을 받았
다.

(만일 나의 가족이 살해된다면, 나는 그 범인을 용서하고
사랑할 수가 있을까?)

　요양중인 나는 하룻밤 그런 것을 생각했다. 하지만 그 사건은 역시 자기 자신의 절실한 문제는 아니었다. 엄밀히 말하면 남의 일이었다.

　지금 미우라의 괴로움을 앞두고서, 어쩌면 죽을지도 모른다는 공포 속에서 '용서'라는 문제가 겨우 자기 자신의 문제로서 닥쳐왔던 것이다. 이것이 나중에 소설 〈빙점〉을 쓸 때의 중대한 힌트가 된 셈이지만.

　"성경의 말씀은 자기의 문제를 갖고서 읽어야 한다."
고 언젠가 목사님이 말한 의미를 나는 지금도 의미 깊게 되새긴다.

　미우라가 혼자서 걸을 수 있게 되어 옆에서 시중들 필요가 없다 했지만 나는 집에 돌아가지 않았다. 아무리 걸을 수 있게 되었다 하여도 큰 병을 치룬 미우라를 두고 혼자 돌아갈 수는 차마 없었다. 나는 밤마다 베드 아래서 자면서 다른 환자들의 베드 아래를 바라보았다. 변기, 모기향, 고리짝, 트렁크 등이 저마다의 베드 아래 놓여져 있었다. 그런 광경이 어딘지 애절하여 잊을 수가 없다.

　입원중 직장이나 교회의 친지들이 몇 번이고 병문안을 와 주었다. 특히 마쯔다 오히로, 사카베 노우, 요시다 요시쓰구님 등의 거듭된 병문안에도 용기를 얻었다. 또한 매일 빨래를 해주기 위해 와 준 미우라 누이동생의 애정, 매일 나의 도시락을 나른 동생의 부인 스에꼬상의 친절은 평생 잊을 수가 없으리라.

　인간은 혼자선 살 수 없다는 것, 부부만으로 아무리 사랑하고 있어도 남의 도움 없이는 살아갈 수 없다는 깃을 나는 절실히 깨닫지 않을 수 없었다.

　드디어 7월 15일이 퇴원의 날로 정해졌다. 내과의 시바다 선생이 일부러 외과 병실까지 병문안을 와 주셨다.

"미우라상, 오진이었다는 것을 의사로서 죄송하게 생각합
니다."

선생은 성실한 태도로 사과했다. 나는 놀랐다. 오진한 것
은 시바다 선생이 아니다. 시바다 선생이 귀 채혈도 해주시
고 게다가 외과의사를 동반하여 와 주셨다. 하지만 시바다
선생은 같은 의사로서 초진의 의사를 대신하여 사과했던 것
이다. 이 선생의 태도는 참으로 사내답고 훌륭했다.

마침내 퇴원의 날이 왔다. 활짝 갠 더운 날이었다. 다시
살아서 건널 수 없다고 생각된 우슈베쓰 강의 푸른 다리를
건너 미우라는 히가시마찌 3가의 신축한 집에 돌아왔다.

이미 형제들의 손에 의해 이사는 끝나 있었다. 지위인 스
즈끼 신키치씨의 덕분으로 공사중 우리들은 거의 얼굴을 내
밀지 않았지만, 집은 훌륭히 완성되어 있었다. 지위는 5 킬
로미터나 되는 거리를 자전거로 아침에는 창문을 열려고,
저녁에는 창문을 닫고자 왕복해 주었다. 벽의 건조를 촉진
하기 위해서였는데, 특별히 부탁한 것은 아니었다. 스즈끼
지위는 그러한 사람이었다.

목수 노릇을 한 어떤 친지는 우리들의 집을 보고서 놀랐
다.

"이 집을 지은 목수는 대체 어떤 사람입니까? 아마도 굉
장한 사람이겠지요?"

2층은 돈이 없었으므로 꾸미지 못했지만, 친지는 그 들보
의 굵기며 재료를 보고서 지위의 정직함과 성실함에 놀랐던
것이다.

"이 사람은 보이지 않는 곳에 돈을 들이고 있어요. 이렇다
면 적어도 10 만엔은 지위가 찔러넣었을 게 분명해요."

　우리들은 그 뒤 몇 사람에게서 비슷한 찬사를 들었다. 비록 5,60만엔에 불과한 작은 집일망정 이렇게도 정성이 깃든 집이 주어진 것은 은혜였다.

　바로 얼마 전 친지인 누마사끼 의사와 기차 안에서 만났을 때 어떤 인간이 가장 존경할 수 있는가 하는 이야기가 화제에 올랐다. 누마사끼 선생도 선대부터 지금에 이르기까지 스즈끼 지위에게 집의 건축, 병원의 건축을 맡겨 왔다. 이야기는 어쩌다가 스즈끼상의 일에 이르렀고, 그와 같은 지위야말로 가장 존경할 수 있는 사람이라는 점에서 의견이 일치했다.

　"스즈끼상이라면 인감을 맡겨도 아무런 걱정이 없지요. 그런 사람이야말로 정치에 나서 주었으면 합니다."
하는 이야기마저 나왔다.

　이 새로운 집에서 오늘부터 우리 두 사람의 생활이 시작된다. 열어 젖혀진 창문으로 펼쳐진 푸른 논을 바라보면서, 나는 어떤 생활이 앞날에 기다리고 있을 것인가 생각했다. 우리는 무릎을 고쳐 앉아 무사히 퇴원할 수 있었던 은총과 새 집을 주신 은총에 감사의 기도를 올렸다.

　기도라고 하면 이 집의 상량식 때 다께우찌 목사의 기도와 크리스찬인 스즈끼 지위의 기도가 이미 바쳐지고 있었다.

# 23

퇴원 후 미우라는 차츰 체력을 회복시켜 나갔다. 미우라가 아직 직장을 쉬고 있는 동안에 나는 현안의 잡화점을 개점하리라 생각했다.

나는 미우라와 결혼하고 2년쯤은 낮에 열쇠를 잠그고서 책을 읽고 있었다. 그런 폐쇄적 생활로부터는 아무 것도 태어날 리가 없다. 두 사람은 결혼할 때 조금이라도 남을 위해 도움이 되고 싶다고 바라고 있었을 터였다. 이런 논 한가운데 가게를 열어도 성립이 될지 어떨지 그것은 모른다. 하지만 가게를 시작함으로써 적어도 이웃 사람과 단골은 된다. 그리하여 그중의 한 사람에게라도 기독교의 전도를 할 수 있다면 하는 게 나의 바람이었다.

그러나 미우라는 반대였다. 영림국에서 빌린 돈은 주택 이외로 써서는 안된다고 말했다. 만사에 신중한 미우라는 단호히 반대했다. 하지만 저금 10만엔을 몽땅 던져 점포를 만들었다. 집은 건평 18평의 2층 건물이었다.

그런데 집을 지은 뒤 갖고 있던 돈은 축하로 받은 2만엔 뿐이었다. 이 2만엔으로 개업하겠다는 것이다. 내가 2만엔 밖에 없음을 안 시누이는 친지로부터 3만엔을 빌려다 주었다.

"하지만요, 10일간뿐이에요. 10일 지나면 반드시 돌려 달래요."

 10일간이란 너무도 짧다고 생각했지만 나는 약속했다. 생명 보험회사에 융자를 신청하고 있었으며 머잖아 3만엔이 들어올 예정이었다. 어쨌든 이것으로 모두 5만엔의 현금이 손에 쥐어졌다. 일금 5만엔으로 아이스 박스를 비롯하여 집기를 대강 갖추고 식료품, 문방구, 잡화 전부를 구입하겠다는 것이다. 그야말로 무에서 유를 낳게 하려는 짓이었다.

 새로이 시작하는 가게에 물건을 대어주는 도매상은 없었다. 처음엔 모두 현금 거래이다. 하지만 다행히도 숙부가 식료품 도매상을 경영하고 있었고 교우인 가와이 지에꼬상의 집이 잡화 도매상이었다. 이 두 집에는 외상이 통한다 하여도 집기를 사고 과자류, 문방구를 떼는 데는 현금이 아니면 안되었다. 5만엔을 앞에 놓고 나는 궁리했다.

 아무리 궁리하여도 뾰족한 생각이 떠오르지 않았고 돈이 갑절이 되는 것도 아니었다. 나는 그 돈을 갖고서 연천의 거리로 나갔다.

 미우라와 같은 병실에 잡화점을 하고 있는 하야시상이라는 사람이 있었다. 나는 그 사람의 구입처 이름을 들어 두었다. 그로부터 들은 과자 도매상은 사사끼 상점이었다. 나는 마음 단단히 먹고 가게 안으로 들어갔다. 골판지 상자의 상품이 산더미처럼 쌓여 있고 점원들이 트럭에 짐을 싣고 있었다. 주인은 부재중이고 부인이 사무실에 있었다. 그리고 사무원 몇 명인가가 장부 정리를 하고 있었다. 나는 정직히 말했다.

 "나는 가게를 하나 내려고 합니다만 현금이 조금 밖에 없습니다. 댁으로부터 구입은 현금으로 할 수 있다고 생각되지만 과자를 넣는 케이스도 빵 케이스도 없습니다. 참으로 죄송하지만 집기를 주선해 주시지 않겠습니까? 다달이 지불하겠습니다. "

나는 내가 너무나도 뻔뻔스런 것을 말한다 생각하면서도
부탁해 보았다. 과자의 도매상쯤 되면 케이스 가게에도 통
할 거라고 생각했던 것이다. 누구의 소개도 없이 느닷없이
뛰어든 나의 이야기를 듣고 부인은 말끄러미 내 얼굴을 쳐다
보고 있었는데,

"알았습니다. 케이스류는 제가 사드리지요. 그러니 필요
한 것은 모두 말씀해 주십시오. 내달부터 지불해 주시겠
지요?"

라고 승낙해 주었다. 나는 거짓말과 같은 느낌이 들었다. 이
렇듯 뻔뻔스런 이야기를, 더욱이 초면인 사람에게 말하기만
하여도 경멸되지 않을까 생각했었다. 나는 그 부인의 통이
큰 데 놀라고 친절에 감동했다. 아름다운 그 부인은 그 외에
여러 가지로 개업에 관한 어드바이스를 해주었다. 그로부터
줄곧 거래를 했지만 정말로 친절하고 좋은 도매상이었다.
뒷날 나는 말했다.

"얼굴도 모르는 사람에게 용케도 집기 일체를 사 주셨어
요. 만일 내가 갚지 않는다면 피해를 보셨을 텐데."

그러자 부인은 말했다.

"당신은 조금 예사 사람과 달랐어요. 아, 이 사람이라면
신용할 수 있다고 곧 생각했지요."

나는 이 말에 감사했다. 신용될 가치가 없는 인간이지만,
신용되는 것은 기쁜 법이다. 그런데 이 가게로부터의 청구
서가 몇 번 잘못해서 적게 청구된 일이 있었다. 우리들은 그
때마다 이쪽의 장부를 지참하여 손해를 입히지 않도록 지불
을 했다.

덕분에 과자 케이스, 빵 케이스도 갖추어지고 중고품인

아이스 박스도 싸게 입수할 수 있어 그럭저럭 가게다운 면모를 갖추어 8월 1일 개점이 되었다.

이때의 체험이 나에게 용기를 북돋워 주었으리라. 나는 그 뒤에도 몇 번인가 육탄으로 사람과 부딪쳤다. 그런 한 가지 예로 이런 일이 있었다.

담배 판매가 허락되었지만 가게에 내놓는 것만으로는 매상이 늘지 않았다. 부근의 인구가 적었기 때문이다. 어딘가의 직장에 출장 판매를 하고 싶다고 생각했을 때, 동생이 근무하는 철도의 화물 사무소가 담배 구입에 불편을 겪고 있다고 들었다. 그러나 출장 판매를 하려면 역장의 허가가 필요했다. 큰 상점이라면 몰라도 변두리의 작은 잡화점이 신청하면 도저히 받아들여지지 않으리라. 과연 어떻게 하면 좋을까? 나를 역장에게 소개해 줄 사람을 생각해 보았다. 아무도 없었다.

그때 나는 생각이 났다. 10년 전의 요양중, 생활 보호가 끊기게 된 요우를 위해 나는 쓰쓰이 히데키씨에게 전화를 건 적이 있었다. 쓰쓰이씨의 강연을 전쟁중에 한 번 들었을 뿐인 관계였지만, 그런 나의 전화에 그는 곧 병원을 찾아 주었다(이것은 〈길은 여기에〉에서 썼다).

10년 전에 한 번 만났을 뿐인 나를 그가 기억하고 있을 리 없었지만, 그는 어채(魚菜) 도매 교꾸이찌(旭一) 시장의 사장이고 아사히까와의 명사인 것이다. 게다가 매일 화차가 그의 회사에 들어가는 셈이므로 철도와의 관련도 깊을 거라고 나는 생각했다. 생각난 김에 나는 곧 전화를 걸었다. 그는 실로 다망했다. 항상 회사에 있다고 할 수는 없었다. 그런데 그날은 운좋게 금방 전화를 받아 주었다.

"지금 NHK의 국장님이 와 계시므로 30분쯤 지나서 찾아와 주십시오. "

이름을 댔지만 물론 그는 기억하고 있지 않았다. 하지만 친절히 응대해 주었다. 나는 곧 옷을 갈아입고 그의 회사를 찾아갔다.

많은 사원이 일하는 사무실을 지나 나는 사장실로 안내되었다. 나의 얼굴을 보더니,

"어딘가에서 뵌 일이 있는 것 같군요. "

하고 의자를 권해 주었다. 나는 이전에 요양 친구의 일로 신세를 졌다고 감사의 말을 했다. 그도 그 일을 생각해 냈다. 나는 곧 용건에 들어갔다.

"지금의 가게에선 매상이 늘지 않아 화물사무소에 출장 판매를 하고 싶어요. 번거로우시겠지만 역장님께 소개장을 써 주시지 않겠습니까? "

"뭐, 소개장을 쓸 것까지도 없습니다. 나는 철도협력회의 회장입니다. 역장과도 친한 사이이므로 그 서류를 내가 맡아 드리지요. 그것에 도장을 날인받으면 되는 셈이겠죠? 내가 가서 도장을 받아다 드리지요. "

나의 소망의 몇 갑절을 그가 해주겠다는 것이다. 그는 즉시 역장에게 전화를 했다. 나의 일을 전화로 말한 뒤, 이렇게 계속했다.

"매우 진지한 분으로서, 그 점은 내가 보증합니다. 만일 사고가 있을 경우는 내가 책임을 지겠습니다. "

나는 감탄했다. 더욱이 그는 나에게도 이런 말을 했던 것이다.

"지금 말한 대로 만일 사고가 발생했을 때는 내가 보증하지요. 그리고 이 회사에도 담배가게가 들어와 있습니다만 만일 그 사람들이 바뀌는 일이 있으면 당신에게 부탁드릴

테니까요."

나는 감격하여 가슴이 뿌듯했었다. 사사끼 상점의 부인이
며 이 쓰쓰이 사장의 말이 너무나도 딱딱 들어맞아 좀처럼
믿어지지 않을지 모르지만, 전혀 사실인 것이다. 세상에는
정말로 친절하고 훌륭한 사람도 있다. 이쪽이 가난하여도
결코 소홀하게 다루지 않고 한푼의 득도 되지 않는 일을 자
기 일처럼 돌봐주는 사람이 있는 법이다.

# 24

잡화점 개업 후 친구인 니시끼 에이꼬가 가게를 도와주었다. 하지만 10월말이 되어 미우라와 나는 감기에 걸려 눕고 말았다. 두 사람이 베개를 나란히 하고 누워 있는 것을 본 미우라의 형님은 곧 기타미 따끼노우에에 있는 미우라의 조카 다카꼬를 데려다 주었다. 이날부터 지금에 이르기까지 다카꼬는 우리집의 일을 도와주고 있다.

겨우 감기가 나아 나는 가게로 나갔으며 미우라도 또한 출근했다. 나는 결혼 이래 미우라의 도시락에는 신경을 썼다. 찬그릇에 갖가지의 찬을 채우고 젓갈 등은 작은 비닐 봉지에 담아 노란 리본으로 매고서 한구석에 넣었다. 그러면 미우라는 도시락 그릇 속에 쪽지를 넣어 주었다.

"아야꼬, 오늘 도시락은 맛있었어. 오징어 젓의 노란 리본은 아름다웠지. 고마워."

그런 메모가 곧잘 들어 있곤 했다. 다음은 그해 11월 8일의 쪽지다.

"아야꼬, 수고했어. 찬도 맛있었지만 많아서 남겼어. 오늘 아침 버스까지 달려온 모습, 아주 귀엽고 또한 진지하게 보여 국민학생 때의 모습이라도 보는 것만 같은 느낌이었어. 그렇게 달음박질하여도 아무렇지 않은 것일지? 어쨌든 건강 소중히 할 것."

결혼 2년 반인 무렵의 일이었다. 나는 도시락 그릇에 들

164

어 있는 그 편지를 보고서 미우라의 다정함이 온몸에 스미는 것만 같은 느낌이 들었다. 결혼 후에도 부부는 이런 작은 쪽지에 한마디 적는 것만으로 새로운 사랑을 불러일으킬 수 있는 것이다. 나도 물론 그의 도시락에 때때로 작은 사랑의 말을 적어 놓곤 했지만.

11월의 반이 지나자 나는 친지로부터 빌린 4만엔의 돈이 걱정되었다. 언제라도 좋다고 하며 빌려 준 돈이었지만, 12월 말에는 갚아야 한다. 나는 오래 빚을 지는 일이 싫었다. 빌린 돈은 곧 남의 것이다. 결코 자기의 것은 아니다.

나는 가난뱅이 근성인지 돈에 관한 한 깨끗이 하지 않으면 싫었다. 부모의 집에 가서 전화를 걸더라도 반드시 10엔은 그 곳에 놓았다. 친한 친구의 집에 가서 전화를 걸었을 때도 돈을 놓고 오는데, 친구는 화를 낸다. 하지만 자기의 용건으로 건 전화요금을 친구가 지불할 까닭은 없다. 그렇게 생각하는 성격이었으므로 아무래도 빚이 마음에 걸렸다. 20일밖에 남지 않았다.

그날 12월 10일은 일요일이었다. 따뜻했지만 나는 또 감기가 들어 교회에 가지 않았고 미우라도 지쳐 교회를 쉬었다. 그런데 점심식사 후 속달이 왔다. 어디서일까 하며 보았더니 슈후노또모사로부터였다. 봉함을 뜯는 것도 안타까이 나는 편지를 꺼내어 읽었다. 나의 수기 〈태양은 다시 지지 않는다〉의 입선 통지였다.

"아, 기뻐요!"

나는 미우라에게 달려들며 기뻐했다. 이는 나의 사랑의 기록이고 신앙의 고백이었다. 신자로서 자기의 신앙 고백이 채택되는 일만큼 기쁜 일은 없다. 게다가 상금으로 20만엔의 거금이 주어지는 것이다. 그날의 미우라 일기에 이런 말이 쓰여져 있다.

"그야말로 주님의 은총, 주님의 선물, 주님의 보답. 두려
워하면서도 기뻐하다."

이어서 20일경 기다렸던 쇼와 37년(1962) 신년호인 슈후노
또모가 배달되었다. 나는 곧 나의 수기 〈태양은 다시 지지
않는다〉의 페이지를 펼쳤다. 37세의 신부인 나와 35세인 신
랑 미우라와의 결혼식 때의 사진이 실려 있었다. 필명은 하
야시다 리쓰꼬(林田律子)였다. 우리들은 몇 번이고 그 수기
를 읽었다. 서투른 문장이었지만 하나님이 얼마나 나의 영
혼을 사랑하고 나에게 좋은 조력자(助力者)를 보내 주었는
가, 신앙을 내려 주셨는가, 그리고 미우라와 어떻게 결혼하
기에 이르렀는가 하는 것이 쓰여 있었다. 우리들은 엄숙한
심정으로 하나님께 감사했다.

부모님도 미우라의 어머니도 형님도 남매들도 모두 기뻐
해 주었다. 정월엔 나에게 식료품류를 도와주는 숙부님 내
외도 와서 이 수기를 읽어 주었다. 우리는 어깨를 붙여 가며
열심히 수기를 읽고 있었지만, 어느덧 숙부도 숙모도 눈물
을 흘리고 있었다. 읽고 났을 때 숙부는 눈물을 닦으면서 말
했다.

"정말이지 고맙다. 우리들은 늘 장사, 장사로서 돈 밖에
생각하지 않지만 오늘은 정말로 마음이 씻기는 것만 같은
느낌이 들었다. 아야짱, 정말 고맙구나."

나는 기뻤다. 우리들의 눈에도 장사 말고는 생각지 않는
것처럼 보이는 숙부가 신년 인사의 바쁜 한때를 쪼개어 이
50매짜리 수기를 열심히 읽고 눈물을 흘려 주었던 것이다.
그것은 나에게도 깊은 감동이었다.

이 수기가 발표되자 전국 각지에서 편지를 보내 왔다. 그

것은 사랑으로 상처입고 인생으로 상처받은 사람들의 진실된 편지였다. 나는 그런 사람들과 편지를 주고받았고 마침내 시고꾸(四國)의 노구찌 쓰네꼬상과 아오모리(靑森)의 다무라 후사꼬상이 세례를 받기에 이르렀다. 이 다무라상은 오랜 요양 끝에 금년에 겨우 퇴원했지만 퇴원한 뒤 곧 급성 폐렴으로 아깝게도 사망했다.

아무튼 나는 이 수기로 대중이 읽는 잡지에 발표되는 것의 중요성을 절실히 느꼈다. 크리스찬은 밖으로 향하여 이야기하지 않으면 안된다, 나에게는 재능이 없지만 어떻게든지 이런 기회가 다시 주어졌으면 하고 그때 절실히 생각했다.

나는 교회에서 도서 판매의 담당도 하고 있었다. 그리하여 좋다고 생각하는 책은 끊임없이 사들였고, 예배 후 사람들에게 책 소개를 했다. 그중에서도 슈후노또모사의 초대 사장인 이시카와 다케미씨의 「신앙 잡화」는 몇 권인가를 구입해서 병문안으로 선물하든가 친지에게 보내든가 했다. 나는 적극적으로 책을 팔았으므로 전 홋까이도의 교회 도서관 중 아사히까와 로꾸조 교회가 1등이었다고 기독교 관계도서 도매부로부터 칭찬받은 적도 있었다.

이런 직책을 2년이나 담당한 관계도 있어 나는 할 수만 있다면 무언가 쓰고 싶다는 심정을 갖게도 되었다. 또한 나는 잡화점 고객의 부탁으로 서적 판매도 조금은 하고 있었다. 언젠가 책 도매상에 가서 책꽂이를 보면서 이런 책꽂이에 나의 저서가 꽂힌다면 얼마나 기쁠까 생각했던 일이 기억난다.

이와 같이 새로운 집에서 처음으로 맞은 정월은 참으로 경사스럽고 즐거웠다. 하지만 곧 백양사(白羊舍) 창립주인 이스가라시 겐지 선생으로부터 다음과 같은 귀중한 편지가 왔다.

'(전략)인간은 호운일 때가 가장 경계해야 할 때입니다. 그것은 이미 알고 계실 터이지만, 더욱더 자기를 버리고 서 주님을 의지하도록 하십시오. 자만심을 갖지 않도록 해주십시오. 그리하여 주님의 증험이 되도록 좋은 글을 더 많이 써 주십시오.'

그야말로 정문(偵門)의 일침(一針)이었다. 이스가라시 선생은 요양중이던 내게 편지 왕래로 격려와 위로와 용기를 주셨고, 일부러 찌가사끼로부터 아사히까와까지 병문안을 와 주신 일도 있었다. 새로이 딸이 생긴 것 같다 하시면서 귀여워해 주셨고, 용돈까지 자주 보내 주셨다. 그런 선생으로부터의 이와 같은 편지에 미우라는,

"고마운 일이야, 아야꼬. 황송한 말씀을 주신 것이지. 이것이야말로 가보로 삼아야 해."

그렇게 말하고 곧 선생의 편지를 사진틀에 넣어 장농 위에 장식했다. 그리고 그로부터 9년, 그것은 아직까지 우리집에 장식되고 있다(이스가라시 선생은 1970년 당시 94세가 되셨다).

참으로 선생의 말씀 그대로이다. 선생이 병문안을 해주셨을 때 나는 깁스 베드에 누워 있었다. 그런 몸에 이윽고 건강이 주어졌다. 그것만으로도 감사한데 미우라와 같은 남편을 주셨다. 그것 이상의 것은 바라지 않아도 좋을 터이건만 결혼 2년만에 새 집이 주어지고 희망의 가게도 주어졌으며 더욱이 수기가 입선됐다. 바로 '자만심을 갖지 않도록' 스스로 경계해야만 할 때였다.

〈쓰레쓰레쿠사(從然草)〉에 나무타기 명인의 이야기가 나온다. 자세한 것은 잊었지만, 분명히 그 제자가 높은 곳에 올

라가 있을 때는 명인이 잠자코 보고 있었다. 하지만 낮은 곳으로 내려오고 지상에 가까워졌을 때는 "위험하다, 위험하다"고 주의를 환기시켰다. 보고 있던 사람이 이상히 여기고 물었더니,

　"위험한 곳에선 주의주지 않더라도 스스로 조심한다. 다치는 것은 안이한 곳에서 일어난다."

는 대답이었다.

　병자도 나쁠 때에는 스스로 조심하지만, 회복기엔 깜박 방심을 하여 죽든가 악화되는 사람이 있는 법이다. 차도 위험한 산길보다 평평한 직선에서 사고를 많이 일으킨다고 한다.

　병이었을 당시의 나는 신을 신뢰하고 신에게 공손하려고 힘썼다. 하루하루를 일생이라 생각하고서 살았다. 그런데 미우라와 결혼하고 몸이 건강해짐에 따라 차츰 응석이 나타나기 시작했다. 미우라가 잡화점 개업을 반대했건만 나는 고집을 꺾지 않았다. 순조로울 때일수록 걸음은 신중하지 않으면 안되는 것이다. 나는 진심으로 선생의 편지에 감사했다. 말하기 거북한 것을 거침없이 말해 주시는 사람만큼 귀중한 존재는 없다.

　덕분에 우리들은 마음도 새로이 새해의 걸음을 조절할 수 있었다.

# 25

이야기가 뒤바뀌었지만, 나의 잡화점 개점일의 총매상은 2천 엔이었다. 개점일이라고는 하지만, 가게에 물건을 진열하기 시작하자 이웃 사람들이 아직도 엉망인 가게에 사러 와 주었던 것이다. 당시의 일기를 보면, 매일이 대체로 2천엔 가량의 매상이었으므로 월 6만엔의 매상이 된다. 하지만 잡화점의 2천엔 매상은 상당한 노동이었다. 1회에 1백엔의 물건을 사는 사람은 거의 없고 간장이 한 병 팔렸다면 특기할 만한 사건( ? )이라 할 수 있었다.

마침 한창 더운 때에 개점해서 아이스 캔디의 손님이 많았다. 5엔 짜리 하나라든가 10엔 짜리 하나라는 어린 손님이었다. 주부들은 대개 버스의 정기권을 가지고 있어서 2킬로미터쯤 떨어진 슈퍼마켓까지 장보러 가는 것이었다.

"모처럼 시내까지 갔는데 마요네즈 사는 것을 잊었어요. 난 정말 얼간이에요."

그런 말을 하며 사러 오는 손님도 있었다. 얼간이는 크게 환영이라 생각하면서 나는 손님의 정직한 말에 쓴웃음을 지었다. 즉, 우리의 조출한 가게는 사야 할 물건을 곧잘 빠뜨리는 주부를 위한 가게이기도 했다. 아직 있다고 생각한 된장이 떨어지든가 차가 떨어지든가 과자가 떨어지든가 할 때 쓸모 있는 슬픈 잡화점이기도 했다.

그런데 나는 참으로 얼빠진 잡화점 주인이었다. 가게를

낼 만큼의 자라면 좀더 시세에 민감하지 않으면 안된다. 그런데 나는 물건의 가격에 별로 구애하지 않는 성격이었다. 가계부에 대해 말했을 때도 썼지만,

"마요네즈 소스 하나, 치즈 하나, 달걀 5개. 그러면 모두 얼마죠?"

라고 개개의 값도 묻지 않고 사는 성미였다. 이런 인간이 잡화점을 시작한 것은 무언가의 잘못이라 아니 할 수 없다. 별로 생활이 넉넉했기 때문은 아니다. 다만 사람에겐 각각 자기의 신경이 미치는 방향이 있기 마련인 때문이다.

가게에 물건을 늘어놓기 시작했을 뿐, 소매가도 정해지기 전에 손님이 들어왔다. 도리어 이쪽이 손님에게 값을 물어가며 파는 꼴이었다. 그런 일이 10일 가까이나 계속되었던 것 같다. 실로 수많은 상품의 소매가를 정하여 파는 것은 엄청난 일이었다.

큰일이라 하면 이런 사건(?)이 있었다. 근처의 도로공사에 많은 작업부가 들어왔고, 우리 가게로 빵을 사러 왔다. 그 한 사람이 그날 밤 복통을 일으켰다는 것이다. 나는 파랗게 질렸다. 혹시 우리 집의 빵이 원인은 아닐까 생각되었기 때문이다. 곧 그 근무처에 전화해서 상황을 물었다. 빵이 원인은 아니더라도 미우라처럼 맹장염의 때를 놓친 것이 아닐까 싶은 걱정이 있어서였다.

이튿날 장본인이 출근하여 가게에 들렀다.

"걱정을 끼쳤어요, 아주머니. 아주머니 집의 빵 탓이 아니었어요. 이곳 빵을 먹은 것은 나만도 아니었고 말이에요."

"정말예요? 아, 안심했어요. 당신의 감독이 어제 이곳의 빵이 나빴다고 했기 때문에 밤에도 잠을 자지 못할 만큼 걱정했어요. 하지만 다행이에요. 맹장도 아니었고."

그 젊은 작업부는 빵을 서너 개 팔아 주었다. 따뜻한 마음 씀이라고 나는 기뻐했다.

또 이런 일도 있었다.

상하기 쉬운 두부는 아무리 물을 갈아주어도 30도가 넘는 더위 속에선 금방 못쓰게 되고 만다. 어느 날 아침, 받아 놓은 지 얼마 안되는 두부에서 쉰 냄새가 났다. 이미 사간 손님도 있었다. 나는 허둥지둥 고객의 집까지 뛰어갔다.

"저 부인, 아까 사간 두부 괜찮았나요?"

"글쎄요. 벌써 먹어 버렸는걸요."

이 말에 나는 안절부절못했다. 만일 복통을 일으킨다면 어떻게 한담. 겨우 걷기 시작한 아기도 먹었을 게 틀림없었다. 나는 그날 하루 내내 그 집을 들여다보러 갔다. 그리고 원기있게 놀고 있는 어린이의 모습을 보고서야 안심하며 가슴을 쓸어 내렸다.

만일 빵을 먹은 작업부나 두부를 먹은 아기가 중태에 빠졌다면 어떠했을까? 나아가서 죽는 일이라도 있었다면 나는 대체 어떻게 되었을까? 아마도 가게를 집어치우고 집과 온갖 것을 팔고서 사죄하지 않을 수 없는 심정이었을 게 아닌가. 혹은 책임감으로 자살마저 했을지도 모른다.

이것이 일반 서민의 생활 감정이라는 것이리라. 요즘 공해문제가 곧잘 떠들어지고 있다. '미나마따 병' 등 분명히 공장의 폐수라고 알고 있건만 기업가는 별로 작업을 정지하는 일도 없이 오만한 태도로 유족이나 환자를 깔보고 있다. 굳이 이렇듯 오랫동안 시간을 허비할 사건이 아니다. "잘못했다, 죄송하다"는 보통의 인간 마음만 있으면 벌써 해결할 수가 있었으리라. 폐수가 해롭지 않다면, 고기를 폐수 속에서 길러서 경영자가 그것을 먹어 보면 되는 것이다. 나는 미나마따 병의 기사를 읽을 적마다 많은 생명을 앗고 인생을 괴롭히며 뒤틀리게 만든 기업에 무한의 분노를 느낀다.

또한 살기 위해 없어선 안될 공기를 오염시키는 공장이며 자동차의 배기 가스에도 화가 난다. 만일 식사 도중 음식물에 구정물이 끼얹어졌다면 어떠한 느낌이 들겠는가. 대기를 더럽히는 일은 그것과 마찬가지인 것이다. 대체 누구에게 음식물을 더럽히고 공기를 더럽힐 권리가 있는가. 생각하면 할수록 노여움을 느끼지 않을 수 없다.

그만 이야기가 옆길로 흘렀지만, 쉬었는지도 모를 두부를 팔고 하루에 몇 번씩 고객의 집까지 달려가서 상황을 살핀 것은 당연한 일로 특별히 자랑할 만한 것이 못 된다. 그런 당연한 일을 적지 않으면 안되는 현대의 세태가 한심한 것이다. 사업이 작든 크든 인간의 생명을 제일로 생각하는 게 아니라면 마침내는 저주된 기업이 될 것이 틀림없다고 나는 확신한다.

# **26**

어느 날 나는 친구 사카베 노우씨가 근무하는 아사히까와 지방 재판소에 갔다. 재판소 안은 호젓했고, 사카베씨의 방 앞인 법정의 문에는,

"개정중이므로 정숙을 부탁합니다."

라는 팻말이 걸려 있었다. 나는 자료실인 그의 방에서 이야기를 하여 용건을 끝내고서 복도로 나왔다. 뒤에서 사람의 기척이 나 돌아보았더니 법정에서 수갑이 채워진 피고가 나오는 참이었다. 교도관이 딸려 있어 나는 걸음을 멈추고 그들을 먼저 지나가게 하려 했다. 키가 큰 피고는 자포적인 태도로 걸어왔지만 나를 보자 섬뜩한 것처럼 얼굴을 외면했다. 별로 얼굴을 볼 생각도 없이 그 곳에 서 있던 나는 확 외면한 그 옆얼굴에 주목했다.

"어머!"

어딘가에서 본 얼굴이다 싶었다. 그러자 다음 순간 나의 심장은 자못 두 방망이질을 하는 것만 같았다.

(미짱이다.)

나도 모르게 다가가서 말을 걸려고 했을 때 그들은 잰걸음으로 교도소로 통하는 복도로 사라지고 말았다.

미짱은 국민학교 1학년과 2학년 때 내가 가르친 학생이었다. 전직 교사였던 내가 이렇게도 한심스런 제자와의 만남을 한 것은 전에도 후에도 없으리라. 나는 반쯤 울면서 벽에

붙여져 있는 재판의 공고를 보러 갔다. 그 곳엔 틀림없는 미짱의 이름이 쓰여져 있고 '사기' '절도'의 죄명이 붙어 있었다.

사기라는 단어를 보고서 나는 섬뜩 짚이는 일이 있었다. 아직 집을 짓기 전이었다. 미우라가 출근하고 얼마 되지 않은 시간이었다. 온 얼굴이 벗겨진 듯한 미짱이 나를 찾아왔다.

"어머, 미짱."

나는 그리움으로 뿌듯해지면서 그를 맞았다. 그는 교사에게 고분고분한 머리가 좋은 아이였다. 「길은 여기에」에서도 썼지만 그림을 잘 그렸는데, 어느 날은 비행기를 많이 그리고 있었다. 다시 그의 옆에 다가갔더니 그림은 시커멓게 칠해져 지워지고 있었다.

"어떻게 된 거니? 시커멓게 칠하게."

내가 묻자,

"선생님, 폭풍이 왔어요."

라고 순진하게 대답한 아이였다. 틈만 있으면 그림을 그리던 인상 깊은 아이였다.

"어떻게 된 일이죠, 그 얼굴?"

헤어진 이후의 인사가 끝나자 나는 말했다.

"넘어졌지요."

"술이라도 마셨겠군요. 조심하지 않으면 안돼요."

그는 순순히 끄덕였다.

"그러고 보니 당신 얼마 전 신문에 났었어요. 야쿠자와 싸움을 했다든가로."

한 달쯤 전 너댓 줄이지만, 싸움의 기사가 났던 것을 기억하고서 나는 솔직히 물었다.

"아, 그것은 친구들이 싸움했던 거예요. 내가 함께 있었기 때문에…… 나의 이름까지 나서 피해를 입었지요."

그는 명랑하게 말했다.

"선생님, 미안해요. 실은 제가 펌프 수리업을 하고 있는데 근처까지 일하러 왔다가 부속품을 살 돈이 345엔 모자라는 거예요. 죄송하지만 내일 돌려드릴 테니 빌려 주시지 않겠어요?"

"쉬운 일이에요."

나는 그가 말한 만큼의 돈을 내주었다. 우수리가 달려 있는 금액에는 자못 진실성이 있었다.

그리고 며칠인가 지나서 또 그가 찾아왔다.

"전번의 돈, 아직 갚지 못해 죄송합니다. 실은 오늘도 일 때문에 160엔이 모자라는데요……."

전혀 의심을 하지 않은 나는 그에게 또 돈을 건넸다. 세번째로 빌리러 왔을 때 사람을 의심하지 않는 나도 이번에는 이상하다고 깨달았다.

"미짱, 당신은 앞서 빌려 준 돈도 갚지 않았잖아요. 돈은 일단 갚고 나서 빌리러 오는 거예요. 잠깐 빌려 줘요 하며 빌려 가기만 하면 '푼돈 사기'로 고발되는 거예요. 오늘은 나도 당신에게 빌려 주지 않겠어요. 제대로 갚는다면 또 빌려 주겠지만."

그는 순순히 머리를 숙이고,

"곧 갚으러 오겠습니다. 죄송했습니다."

라고 하며 돌아갔다. 하지만 그는 돈을 갚으러 오지는 않았다.

명백히 자기는 사기를 당하면서 나는 그렇게 생각되지 않았다. 그것이 교사라는 자의 안이함이었으리라. 교사의 가

습속에 있는 제자들의 어린 모습이 성장한 그들의 모습에 반드시 일치되는 것은 아닌 것이다. 어리석은 나는 그것을 몰랐다. 재판소의 복도에서 스친 그의 모습이 아무리 달라져 있었다곤 하지만 금방 깨닫지 못한 것은 역시 이런 안일함 때문이리라.

그는 뒤에 형을 받고 편지를 보내 왔다. 사과 편지였다. 몇 번인가 나도 편지를 보냈다.

"무슨 일이 있어도 다시 죄를 범해서는 안돼요. 훌륭히 되고 나서 나의 앞에 모습을 나타내세요. 마음을 고치지 않은 미짱이라면 나는 만나지 않겠어요."

위로의 말과 함께 이런 엄격한 말도 덧붙였다. 응석을 길러 주어선 안된다고 생각했기 때문이었다.

그는 오래 되지 않아 출소했지만 나의 앞에 나타나지는 않았다. 어느 날 나는 그와 같은 반이었던 제자로부터 그의 소식을 들었다.

"선생님, 미짱은 자살했습니다. 입소중 아내를 딴 사람에게 뺏기고, 어버이도 집에 들이지 않는다고 하여 갈 곳이 없었겠지요. 가엾은 일이에요."

그것은 너무나도 비참한 결말이었다. 나는 어렸을 때의 그의 그림이 생각났다. 모처럼 정성들여 그린 비행기를 전부 시커멓게 칠하여 지워 버린 그것은 스스로의 손으로 말살해 버린 그의 인생을 상징하고 있는 것만 같은 느낌이 들었다.

'회개할 수 없다면 회개하지 않아도 좋아. 언제라도 선생님의 집에 와요.'

라고 써 보내야만 했을 게 아닌가.

일정한 직업을 갖지 않고 놀며 살았던 그도 어렸을 때는

근면했다. 소년기에 어머니를 여읜 뒤로 성격이 바뀐 것이
다. 어머니를 여의지 않았다면 그는 또 다른 인생을 걷지 않
았을까?

　그런 일도 있어 나는 가게에 오는 소년들에게 특별히 신경
을 쓰게 되었다. 근처에 '목공단지'가 있고, 하루에 한 번은
물건을 사러 오는 패들이었다. 15명쯤이었을까, 중학교를
갓 나온, 시골에서 올라온 소년들이었다. 국민학생만큼 작
은 신체의 아이, 어른보다 키가 큰 소년 등 갖가지였다. 아
직 어머니가 그리운 나이 또래의 소년들이었다. 밤 8시부터
9시경이 되면,

　"아주머니."

하고 그들은 줄줄이 들어온다. 아이스캔디, 빵, 과자, 엿 등
을 저마다 사면서 그들은 30분 가량 가게에서 놀다 간다.

　"너는 어디서 왔니?"

라든가,

　"아버지, 어머니는 계시니?"

와 같은 이야기로부터 그들이 말하는 텔레비전 프로의 이야
기, 멋부리는 이야기 등을 들어준다.

　"아주머니, 남성용 크림을 받아 봐요."

　"남자가 크림을 발라?"

　"그럼은요. 우리들은 사춘기예요."

　그들은 와아 하고 웃는다. 그런가 하면,

　"아주머니, 난 양복을 입고 싶은데 나에게 맞는 것을 사다
　주지 않겠어요?"

라고 쇼핑을 부탁하는 아이도 있다. 어느 때는 부탁을 들어
주어 미우라의 양복을 팔아 줄까 하면서 갖고 나온 일도 있
었다. 매일밤 얼굴을 맞대기 때문에 정이 들었다. 때로는 사

나흘 모습을 보이지 않는 소년이 있으면 어쩐 일일까 걱정이 되었다. 말하자면 그들은 나에게 있어 고객이라고 하기보다 제자와도 비슷한 사랑스런 존재였다. 그중의 몇 명인가는,

"하루에 한 번 아주머니의 얼굴을 보지 않으면 잠이 오지 않아요."

하고 응석을 부렸다.

어느 날 밤 한 소년이 술을 마시고 얼굴이 뻘개져서 들어왔다.

"어머, 술을 마셨어!"

나도 모르게 엄격한 목소리가 되었다.

"마셨어요. 마시면 나빠요, 아줌마."

대들 듯이 소년은 말했다.

"미성년이 술을 마셔도 좋다고 생각해요? 조금 똘마니처럼 되고 있어요. 똘마니 따위가 되면 아줌마가 가만히 있지 않을 테야. 따귀라도 때릴 거야."

"흥, 따귀를 때려요? 겁나네요, 아줌마."

"그야 그렇지. 아줌마는 그리스도 '일가'의 '형수'이니까 (여기서의 일가는 야쿠자의 한 가족이란 뜻이고 야쿠자 보스의 아내를 '형수'라면서 부하들이 복종한다)."

"네? 그리스도 일가의 형수? 그리스도 일가란 어디에 있죠?"

그는 진지한 얼굴로 나에게 물었다. 그것이 우스워 나는 큰 목소리로 웃었다. 다행히도 이 소년은 술을 마시지 않았고 이전과 똑같은 진지한 태도로 돌아갔다.

어느 소년이고 나로선 귀여웠다. 그것은 역시 많은 학생들을 다루는 데 익숙했던 교사의 경험에 의한 것이리라. 하지만 단 한 사람, 참으로 어두운, 말이 통하지 않는 소년이

있었다. 그 소년은 목공단지의 소년이 아니었다. 어디에서 일하고 있는지 언제고 혼자서 물건을 사러 왔다. 짙은 눈썹 아래의 어두운 눈이 음산하게 열려 있었다. 목소리도 나직했다. 이 세상에 희망이란 한 조각도 없는 것만 같은 참으로 우울한 얼굴을 하고 있었다. 이 소년만이 나와 친해지지 않았다.

그날 밤도 그는 자기가 사고 싶은 것을 과자 케이스 위에 늘어놓았다. 아이스캔디, 수수팥떡, 검둥이 상표의 곰보사탕 등이었다. 말을 붙이려 해도 그의 태도는 너무나 거부적이었다. 그 소년이 봉지를 갖고 나가려 하다가 무엇을 생각했는지 봉지 속의 아이스캔디를 꺼내어 가게 안에서 먹기 시작했다. 지금껏 그는 가게 안에서 먹은 일이 없었다. 나는 용기를 내어 말을 걸었다.

"이름은 뭐라고 하지?"

"현금으로 사가는데 이름이 필요해?"

시비조였다. 확실히 그는 손님이었다. 하지만 너무나도 말투가 거칠었다. 이 아이는 대체 어떠한 일생을 보낼까, 나는 두려웠다.

(원인이 있어야 결과가 있다.)

고 나는 마음속으로 생각했다.

이 소년은 이렇게 어둡고 사람을 거부하면서 살고 있었다. 배후에 무엇인가 있음이 분명하다. 아마도 그 사정을 알면 누구나가 동정할 가정임에 틀림없으리라. 그렇게 생각하자 나는 그가 가엾기만 했다.

"아줌마는 지금까지 손님의 이름을 묻고 그런 식으로 대꾸된 것이 처음이야. 어지간히 사람을 싫어하나 보지?"

"응, 싫어. 지구 따위 빠개졌으면 좋겠어."

180

"빠개지면 너도 죽어."

"응, 상관없어."

"아버지, 어머니도 죽어요."

"그런 것 나에게는 있지도 않아."

씹어뱉듯이 그가 말했다 싶더니,

"아줌마는 물렁팥죽이네요."

하고 싱긋 웃으며 가게를 나갔다. 나는 멍하니 서 있었다.

(물렁팥죽이네요.)

라고 한 그의 말이 귓속에서 윙윙거렸다. 그야말로 나는 그의 말대로 물렁팥죽이었다. 선의는 반드시 통한다고 하는 얼른 심정이 나에겐 있었다. 따뜻한 말에는 따뜻한 말이 돌아온다. 나는 그렇게 믿고 있었다. 그리고 목공단지의 소년들에겐 확실히 나의 선의가 통하고 있었다. 그것은 그들 중 아사히까와를 떠나게 된 한 소년이,

"그동안 신세를 졌어요. 아주머니, 안녕히 계세요."

라고 인사를 하고 떠나간 일로서 알 수 있다. 또한,

"아줌마, 난 가수가 되고 싶은데 될지 어떨지 노래를 들어 봐요."

라고 진지한 얼굴로 열심히 노래한 소년도 있었다. 그들에겐 나의 선의가 통하고 있었다.

하지만 보기에도 어두운 이 소년에겐 내가 넌센스인 존재 밖에 되지 않았던 것이다. 그는 그 뒤에도 물건을 사러 왔지만 결코 나의 얼굴을 보려고도 하지 않았고, 거절적인 태도에도 변함이 없었다. 이 소년의 닫혀진 마음을 여는 사람은 누구인가, 그것은 잡화점의 한낱 주부인 나로선 불가능한 일이었다. 나는 그를 볼 적마다 그렇게 생각했고 우울했다.

나중에 소설을 쓰게 되었을 때 나는 많은 사람으로부터 편

지를 받았다. 〈빙점〉을 읽고서 "만일 이 소설을 빨리 읽을
수 있었다면 나는 교도소에 들어가지 않아도 되었을지 모른
다"고 후회하는 교도소 출신의 청년이 있었다. 또한 〈길은
여기에〉의 〈시오카리 고개〉를 읽고 얼마나 많은, '인생을 그
르친' 청소년들이 감동의 편지를 보내 왔는지 모른다.

저 어두운 소년은 나의 소설을 읽어 줄까? 읽어 주었으면
하고 나는 절실히 생각했다.

# 27

본디 단순한 나는 멋모르고 잡화점을 시작했지만, 이것에 의해 가장 피해를 입은 것은 미우라였다. 겨우 염원한 공중 전화도 달았고 가게가 갖추어지면 갖추어질수록 바빠졌다. 미우라가 돌아와도 손님이 끊이지를 않아 저녁식사 준비가 되어 있지 않는 일도 있었다. 조카인 다카꼬와 셋이서 저녁 상을 둘러싸고 먹기 시작하여도 손님이 오면 미우라를 놔두 고 나와 조카는 가게로 뛰어나가야 했다. 그리고 1시간이나 가게에 나간 채 거실에 돌아오지 못하는 일도 있었다.

미우라는 그동안 혼자서 묵묵히 식사를 하지 않으면 안되 었다. 모처럼 일찍 직장에서 돌아와도 이렇다면 쓸쓸한 저 녁식사였으리라. 더욱이 두부나 유부가 남았을 때는 매일같 이 그것을 먹지 않으면 안되었다. 가게는 밤 10시까지 이어 져 천천히 이야기를 나눌 틈도 없었다.

가게 문을 닫은 뒤에는 매상금을 계산하고 장부에 기입해 야 했다. 이런 일을 다 하고서 밤에 잠자는 것은 언제나 12시가 가까웠다. 그러니까 내가 좋아서 시작한 잡화점은 가정의 단란한 시간을 앗아가 버렸다. 당시의 미우라 노래 를 보면 나는 죄송함으로 가득해진다. 참으로 나는 악처였 다.

잡화점 여편네가 되어 버렸다고 하며 자기의 사진을 보는 아내.

먹다 만 사과를 남기고서 나간 아내가 소리내어 과자를 달고 있네.

손님이 가면 가게에서 방으로 돌아오는 아내의 시린 손에 밴 유부냄새여.

정년퇴직은 금세 온다고 잡화점을 시작한 아내가 오늘 밤에도 나에게 말하노니.

팔다 남은 유부, 곤약조림을 오늘 밤도 먹으리. 밥은 줄이더라도.

마음을 돌려 매입을 줄이라고 아내가 성내기까지 되풀이 말하노라.

올해 마지막 저녁해니 함께 봅시다 하며 가게의 손님이 끊긴 틈을 타 가까이 오는 아내.

잡화점을 시작하고서 나는 차츰 체력이 생겼다. 식욕도 생겨 밥을 너댓 공기나 먹었다. 고객의 응대 말고도 매일 시내로 물건을 떼러 가든가 은행에 가든가 했다. 그런 일거리가 잡화점에도 있었다.

어느 날 나는 F 은행에 가서 1만엔을 환전했다. 구입의 태반이 현금구매였으므로 되도록 잔돈을 준비했다. 호감이 가는 여자 행원이 나에게 돈을 건네 주었다.

도매상에 가서 나는 핸드백을 열었다. 아무래도 돈이 맞지가 않았다. 분명히 1만엔을 바꾸었을 텐데 5만 5천엔이나 되는 것이었다.

"어머, 이상해요. 은행에서도 돈을 잘못 세는 일이 있을까."

도매상 주인이 말했다.

"모자랍니까?"

"아뇨. 1만엔을 바꾸었는데 5만 5천엔이나 되는 거예요."

"그렇다면 번 게 아닙니까. 사양할 것 없어요, 받아 두세요."

"어머, 어째서요? 이것은 내 돈이 아니에요. 은행돈이니까 돌려 주어야죠."

"바보스런 짓 하지 마세요. 은행에는 돈이 썩을 정도로 있어요. 굳이 돌려 줄 것 없어요."

참으로 이상한 논법이었다. 왜 은행에서 잘못 계산한 돈을 내가 그대로 받아 두는 편이 좋다는 것인가.

그 곳에 다른 손님이 왔다. 도매상 주인이 말했다.

"이 부인이 은행에서 잘못하여 많이 준 돈을 돌려 주러 간다는군요."

"호오, 별난 사람이군요. 환전의 돈일 테죠? 이름도 주소도 써 있지 않는데, 누가 많이 가져 갔는지 알 게 뭡니까. 받아 두세요."

나는 어처구니가 없어 밖으로 나왔다. 그것이 장사꾼의 돈에 대한 감각일까? 설마 백 사람이면 백 사람 모두 그런 생각은 아닐 테지 하며 나는 은행으로 가는 도중 다른 도매상에 들러 같은 말을 했다. 거기서도 돌아오는 말은 같았다.

"부인, 버스값 들여 돌려 주러 가도 은행에선 버스값을 지불하지 않습니다. 하느님이 주신 거니 받아 두세요."

다른 점원도 말했다.

"네? 돌려 준다고요? 아까워라."

나는 쓸쓸한 마음이 되어 밖으로 나왔다.

내가 유별나게 정직하다는 것은 아니다. 극히 평범한 인간으로서 때로는 거짓말하는 일도 있다. 하지만 돈에 관해서는 앞에서도 말했던 것처럼 결벽했다.

국민학교 5, 6학년 때부터 어머니는 곧잘 나를 은행에 심부름 보냈다. 은행으로부터 받은 저금통에 저금을 하던 셈인데, 그것이 가득해지면 은행의 열쇠로 열어 달라고서 어머니한테로 갖고 돌아왔다. 본래는 모인 돈을 은행에 예금하기 위한 저금통이었을 게 분명하지만 넉넉하지 못한 살림이었으므로 모이기를 기다려 필요한 물건을 샀으리라.

그 저금통에는 1전, 5전, 10전, 50전 등의 동전이 들어 있었다. 그중의 몇 개를 속여도 어머니로선 몰랐을 게 틀림없었다. 하지만 그런 일을 나는 하지 못했다. 어머니의 신용을 배신할 생각이 들지 않았던 것이다.

하물며 이것은 은행원이 착각하고서 내준 돈이었다. 그런 돈따위 탐이 난다는 생각은 털끝만치도 없었다. F은행에 들어가니 오후 3시 직전이었다. 나는 곧 여자 행원에게 가서 1만엔이 5만 5천엔이 되어 있었다고 말했다. 그녀는 한 순간 창백해더니,

"죄송해요."

라고 한마디 했다.

"은행에서도 잘못되는 일이 있나요?"

나는 이상해서 물었다.

"네, 아마도 금종(金種)을 잘못 안 것 같아요. 세 사람의

손을 거치는데 세 사람 모두 착각했나 봐요."

그녀의 표정이 멍청해 보였다. 어지간히 놀랐던 것이리라.

어째서 그런 일이 있었는지 궁금해서 당시의 미우라 일기를 펴보았지만, 금액만 써 있을 뿐이었다. 어쨌든 이 사건은 장사를 시작한 나에게 상인들의 금전에 대한 사고방식을 알려 준 잊혀지지 않는 사건이었다.

잡화점 첫 1년은 미우라에게,

"힘만 들었다."

는 말을 들었다. 이제 2년째도 끝나 가려 하고 있었다. 섣달 그믐의 가게는 바쁘기만 했지만, 그날 밤은 아직도 일거리가 기다리고 있었다. 바로 '재고조사'였다. 이 재고 조사는 12월 31일 현재가 아니면 안되었다.

근무하는 틈틈이 가게의 장부를 적어 주고 있던 미우라는 이런 일에도 꼼꼼했다. 나는 12월 31일은 푹 자고 이튿날 원단에 재고조사를 하는 편이 좋을 것 같았다. 원단은 어차피 휴무인 것이니까. 하지만 그렇다면 전 상품의 점검을 할 수 없다고 미우라는 말한다.

밤이 깊어지면 한 겨울의 가게 안은 너무도 잠잠한 것이 추웠다. 게다가 상품의 종류는 엄청났다. 된장, 간장 등은 세기 쉽지만 눈깔사탕 몇 개로부터 연필 몇 자루, 과자 몇 그램에 이르기까지 모두 계산하고 계량(計量)해야 하는 것이었다. 휴지, 비누, 지우개, 나이프, 머리기름, 초콜릿, 장아찌, 통조림, 매실장아찌, 물들인 생강, 버터, 치즈, 베이컨 등 대체 몇 백 종류의 상품이 있었던 것일까. 이 글을 쓰고 있는 지금도 영하 20도의 밤에 시린 손으로 상품을 세었었던 감촉이 되살아난다.

세고선 일일이 노트에 기록했다. 무명바늘 85개, 비단바
늘 92개…….

가게를 하고 있는 사람에게 이런 '재고조사'의 이야기를
했더니 어처구니없어 했다.

"바보네요. 재고조사를 꼭 12월 31일에 할 게 뭐예요. 대
충이면 되지요. 그런 짓을 하는 사람은 아무도 없어요."

웃음을 사는 일 밖에 할 수 없는 우리들이었다. 하지만 세
법(稅法)에 정해진 대로 정직하게 했다. 그러므로 나는 납세
신고를 하러 갔을 때 세무서원에게 이렇게 말했던 것이다.

"나는 조금쯤 거짓말을 하고 싶은 심정이나 속이고 싶은
심정이 없다곤 할 수 없어요. 하지만 이 장부는 미우라가
기장했습니다. 미우라 같은 정직한 사람을 의심하면 벌을
받을 거예요."

세무서원은 쓴웃음지었다. 미우라가 얼마나 정직한지를
그들은 알 턱이 없다. 오죽이나 우스웠을까? 그러나 장부
를 보면 역시 알 수 있으리라.

"모범적인 장부군요."

라고 그대로 인정해 주었다. 정직한 자가 손해를 보고, 세무
서엔 정직이 통하지 않는다고 하지만 적어도 나는 의심받은
적이 없었다.

쇼와 38년(1963) 원단의 저녁, 재고조사로 지친 나는 부모
님께 새해 인사를 갔다. 부모님은 내가 사는 바로 이웃에 이
사를 와 계셨다. 내가 수년간 요양한 일도 영향을 미쳤으리
라. 집과 토지를 팔아 버리고 '5호 일자집'과 같은 작은 아
파트에 옮겨 와 계셨는데, 나이 70이 지나도록 살아온 정든
집을 판다는 것이 얼마나 쓰라리셨을까. 방이 여섯인 집에
서 아래층 방 하나, 위층 방 둘을 빌려서 부모님은 막내동생

부부와 살고 있었다. 단 한번도,

"네 병 때문에 이런 곳에 옮겨 왔다."

고 말씀하신 적이 없었다. 그런 만큼 나는 하루라도 빨리 부모님께 집을 지어 드리고 싶었다. 게다가 아버지에겐 아직도 빚이 있는 듯싶어 마음에 걸렸다. 갚을 수 있다면 갚아 드리고 싶었다. 그렇게 생각하고서 때때로,

"아버지, 빚은 얼마나 돼요?"

라고 물었지만 아버지는,

"네가 감당할 수 있는 액수가 아니다."

라고 하며 웃을 뿐이었다.

새해 인사를 하고 얼마 안되는 용돈을 드린 뒤였다. 어머니가 생각난 것처럼,

"아 참, 히데오가 말이지, 네가 오면 이것을 보여 주라고 했어."

라고 말하며 접은 아사히신문(朝日新聞)을 나에게 보였다. 보니까 아사히 신문의 사고(社告)였다.

1천만엔 현상소설 모집의 기사가 거기에 있었다.

"어머, 1천만엔이라니 엄청나네요."

히데오는 어째서 나에게 보이라고 했던 것일까? 설마 나에게 응모하라는 것은 아닐 테지. 응모자격을 보니까 기성 작가도 응모할 수 있게 되어 있었다. 나로선 그림의 떡 같은 이야기라고 그만 웃었다.

# *28*

부모님께 새해 인사를 드리고 돌아온 그날 밤, 우리들은 일찌감치 잠자리에 들었다. 어젯밤 늦게까지 재고조사를 했으므로 몸이 두들겨 맞은 것처럼 피로했다.

미우라는 여느 때처럼 기도하고 나자 곧 잠이 들고 말았다. 베개에 머리를 붙이자마자 잠이 들 수 있는 미우라를 부럽게 생각하면서 나는 눈을 크게 뜨고서 앞서의 아사히신문 사고를 떠올렸다. 기성작가도 응모자격이 있는 것이므로 엄청난 응모수가 있으리라. 나와 같은 사람이 신문소설을 쓸 까닭이 없지만, 만일 쓴다고 하면 어떠한 소설을 쓸까? 몸은 피로하면서도 신경은 날카롭기만 했다. 언제고 1시간이나 2시간, 잠들지 않은 채로 혼자 상상의 나래를 펴는 나는 그날 밤도 그러했었다.

나는 문득 요양중에 살해된 먼 친척이 사건이 생각났다.

(만일 자기의 육친이 살해된다면?)

그렇게 생각한 순간 나는 이것이다 싶었다. 여기서 하나의 이야기가 태어날 것 같았다.

그런데 나의 아버지는 자녀를 끔찍이 사랑했고 조금 감기만 들어도 즉시 의사를 불렀다. 그러고도 안절부절못하며 방안을 서성거렸고, 자녀의 병 책임은 어머니에게 있다면서 곧잘 어머니에게 신경질을 부렸다.

아버지는 대체로 비슷한 심리를 갖고 있을지도 모른다.

만일 아내의 부주의로 어린이가 살해된다고 하면…… 그렇다! 이것을 발단으로 하여 이야기를 전개시켜 보자. 나는 그날 밤 장편소설의 대략적 줄거리를 만들었다.

이튿날 아침 늦잠 자고 있는 미우라에게 나는 그 줄거리를 들려주었다.

"이것을 소설로 써도 좋을까요?"

나는 주저하며 물었다. 나는 무슨 일이든 생각이 얕고 생각하기 전에 행동을 일으키는 성격이었다. 그래서 미우라는 내가 하는 일에 대개는 반대였다. 앞에서 썼던 것처럼 잡화점 개업 때 나는 그의 반대를 뿌리치고 문을 열었다. 그래서 이번에도 반대되리라 생각했다. 그런데 뜻밖에도 미우라는 말했다.

"과연 그것은 재미있는 스토리인데. 아무튼 써 보아요. 다만 하나님께 기도하고, 하나님 뜻에 어긋나지 않는지 잘 생각해 봐요."

허락이 내려 나는 곧 미우라에게 기도를 부탁했다.

"…… 이 소설이 하나님의 뜻에 맞는 것이라면 부디 쓰도록 하게 해주시옵소서. 만일 하나님의 이름을 더럽히는 결과가 되는 것이라면 쓸 수 없게 해주시옵소서……."

나는 곧 쓰기 시작했다. 하지만 소설 쓰는 방법은 아무 것도 몰랐다. 그러나 모르는 것을 다행으로 알고 편지나 일기를 쓰듯이 써 나갔다.

나는 소설의 무대를 견본림(見本林)으로 정했다. 이 견본림(아사히까와 영림국 관할로, 외국산의 나무들로 우거진 곳)은 나에게나 미우라에게 있어서 잊혀지지 않는 숲이었다. 미우라에게 이 견본림의 위치와 아름다움을 알려 주고 꼭 한번 가보라고 권한 것은, 미우라를 소년시절부터 가르쳐 주시고

남달리 돌보아 주신 상사 구마야 다케야씨였다. 그래서 미
우라는 점심시간 때 흔히 이 숲을 산책하곤 했다. 그리고 이
숲속에 서서 나의 회복을 기도했고, 언젠가 병이 나은 나를
이곳에 데려오리라 소원하고 있었다고 한다.

　이 견본림을 내가 처음으로 방문한 것은 결혼 2년째의
6월이었다. 나는 주먹밥을 준비했고 미우라가 안내하였다.
바람이 조금 차가웠지만 맑게 갠 날이었다.

　숲에 다다르니 키가 훌쩍 큰 '스트로브 소나무'가 바람에
흔들리고 그 우듬지가 하늘을 휘젓듯이 움직이고 있었다.
숲 사이 길을 지나 제방에 오른 나는 그 저편에 또 울창하게
우거진 '독일 토히'의 어두운 숲이 이어지는 것을 보았다.

　그 숲에 한 걸음 발을 들여놓았을 때 나는 뭐라 행동키 어
려운 감동에 사로잡혔다. 어두운 숲속에 빛이 줄무늬를 만
들었으며 아련한 저편에 연기처럼 나부꼈다. 똑바로 솟아
있는 '독일 토히'의 줄기는 참으로 고요한 모습으로서 명화
를 보는 것만 같은 정취가 있었다. 숲속으로 들어감에 따라
정적이 들이닥치는 것만 같았다. 아니, 정적이라기보다 으
스스함이라 하는 편이 적절할지도 모른다. 어딘가에서 산비
둘기 소리가 났다. 그 울음소리도 한층 으스스함을 느끼게
했다.

　"훌륭한 곳이에요. 아름답고 조용하며, 게다가 으스스하
　기까지 해요."

　미의 극한은 어쩌면 으스스함일지도 모른다. 한번도 햇빛
의 직사를 받아 본 적이 없는 숲속의 흙은 발바닥에 뭐라 할
수 없이 부드럽고 다정했다. 두 사람은 이곳에 함께 올 수
있었음을 하나님께 감사하지 않을 수 없었다.

　그때의 인상이 너무나도 강렬했기 때문에 나는 소설의 줄

거리가 정해지자 주저않고 이곳을 무대로 정했던 것이다.

1월 19일, 우리들은 다시 견본림을 찾았다. 그날은 영하 20도를 넘는 추위였다. 눈길을 걸을 적마다 녹말처럼 끽끽 울렸다. 국민학생이 미끄럼질을 하고 있는 제방을 올라가 저 어두운 '독일 토히'의 숲으로 우리들은 다가갔다. 입구의 새하얀 눈 위에 몇 십 마리의 까마귀 시체가 흩어져 있었다. 순백(純白)의 눈과 까만 까마귀 시체의 색깔이 너무나도 선명한 대조를 이루고 있었다.

우리들은 돌아오다가 까마귀가 왜 죽어 있는지 아이들에게 물었다. 아이들은 이상한 듯이 우리들을 보았지만, 회중전등의 불빛에 눈이 부셔 떨어져 죽었다든가 얼어 죽었다든가 납득하기 어려운 말을 하면서 그 까마귀의 시체를 서로 던져 가며 놀았다.

"그러지 말아요. 거기에 제대로 나란히 놓아 두어요."

내가 말하자 아이들은 순순히 까마귀를 눈 위에 일렬로 늘어놓았다. 그러자 그중 하나가 말했다.

"아저씨는 어디 사람이에요? 영화 찍는 사람? 방송국 사람?"

나와 미우라는 얼굴을 마주 보았다.

"글쎄, 언제가 이곳에 로케하러 올지도 모르지."

그런 우스갯소리도 했지만 나는 속으로 얼마나 재수가 좋은 것을 말해 주는 아이들일까 생각했다. 미우라는 아이들의 스키를 빌려 제방을 지치며 흥겨워했다.

이 겨울의 견본림을 보고 돌아온 날 밤, 나는 곧 소설의 마지막 부분인 유서 부분에 손을 대었다. 이렇게 나의 소설 쓰는 작업은 차츰 형체를 갖추어 갔다.

그 무렵 신문소설을 둘러싸고 갖가지의 기사가 아사히신

문에 실렸다. 오시야 노부꼬(吉屋信子)씨의 입선 당시의 회상이며, 이시카와 다쯔조(石川達三)씨의 신문소설에 관한 기사도 실렸다. 그중에서 이시카와씨는 하루 3매 반(일본은 400자 원고지)의 신문소설은 특별한 기술을 필요로 하며, 아마추어로서는 무리일 거라고 쓰고 있었다. 나는 평소 그를 존경하고 있었던 만큼 그 말은 자극적으로 많은 도움이 되었다. 장님이 뱀을 겁내지 않는다고 할까, 무리한 일을 굳이 해보고 싶다는 의욕이 생겼던 것이다.

어느 날 나는 헌 책방에 가서 「창작방법」이라는 책을 사가지고 왔다. 그 가운데 니와 후미오씨의 '신문소설 작법'이라는 항목이 있었고, 16페이지쯤 되었다. 나는 그것을 되풀이 읽었다. 그 16페이지의 '신문소설 작법'이 나의 유일한 스승이 되었다.

소설을 쓰기 시작했다 해서 잡화점을 그만둘 수는 없었다. 아침 7시부터 두부와 빵 배달원이 오며 손님도 오는데, 식사 준비는 조카딸이 해주지만 미우라에게 도시락을 들려 배웅하지 않으면 안되었다. 버스 정류장은 4, 50보 앞에 있었지만 나는 언제나 그가 무사히 버스를 타고 그 버스가 보이지 않게 되기까지 손을 흔들며 배웅했다. 왜냐 하면 러시 때에는 버스가 5분마다 오는데, 만원인 버스가 자주 멎지를 않고 미우라 등을 버려 둔 채 가버리는 일이 있기 때문이었다. 버스는 곧 또 오지만 아사히까와의 겨울은 영하 20도를 밑도는 일이 드물지 않다. 한 대를 놓치면 다음 번이 오기까지 5분간 발을 구르며 조금이라도 몸을 움직이고 있지 않으면 안되었다. 그러므로 미우라를 배웅하기까지는 나도 집안에 들어갈 생각이 나지 않는 것이다.

더욱이 미우라는 참으로 답답할 만큼 사양을 하는 사람으로서 자기가 남보다 먼저 정류장에 가 있어도 탈 때에는 대개 마지막이 되었다. 그래서 타지 못하고 남겨지는 일이 곧잘 있게 되어 배웅하지 않을 수가 없는 것이다.

미우라가 버스에 타고 나면 조카와 둘이서 식사를 하고 가게나 방의 청소를 분담하며 손님의 응대도 한다. 하루는 24시간 밖에 없다. 내가 결혼 이래 마음쓴 것은 만점의 아내는 되지 않겠다는 것이었다. 청소도 빨래도 남에게 손가락질 하나 받고 싶지 않게 하려면, 자기의 하고 싶은 일은 영원히 할 수 없게 된다. 나는 가장 하고 싶은 일을 우선하는 중점주의의 방법을 취했다.

이때까지는 소설을 읽는 것을 내가 가장 하고 싶은 것으로 해 왔지만, 이제부터는 쓰는 것을 제1로 하지 않으면 안된다. 1년 동안 천 매 남짓의 소설을 쓰기 위해선 실패한 부분이나 다시 쓰는 부분도 고려하여 하루에 최저 10매는 써야만 한다. 1년이면 3천6백50매다. 이에 필요한 것은 주간에 너무 피로하지 않도록 하는 일이다. 낮 동안에 소설을 쓰는 것은 가게를 갖고 있는 만큼 우선 불가능했다.

가사는 되도록 조카에게 맡기고 나는 되도록 많은 책을 읽기로 했다. 신문도 지금까지 보다 꼼꼼히 읽었다. 그렇다고 해도 넉넉한 틈이 있는 것은 아니었다. 1분, 2분의 시간을 주워 모으듯이 잠깐의 틈이라도 책을 읽었다.

다행히도 나는 감정의 전환이 빠른 편이었다. 책을 읽고 있는 참에 손님이 왔다가도 돌아가면 곧 또 책 속에 몰입(沒入)할 수 있었다. 화장실에 갈 때, 전화를 걸면서 상대편이 좀처럼 나오지 않을 때, 그런 조금의 시간이라도 눈은 책으로 가 있었다.

매일 튀김이나 어묵, 건어물 등도 시내까지 떼러 갔다. 버스로 15분에서 20분, 그 차 속에서도, 버스를 기다리는 시간에도 책을 읽었다. 나는 덥든 춥든 문고판 두 권은 휴대하고서 곧잘 읽었다. 그리하여 그런 중에서 소설을 쓰는 방법을 은밀히 배우고자 했다.

밤 10시에 가게를 닫고 돈을 세어 미우라가 기장한 뒤 2층에 올라가 잠자리에 들면 그때부터가 나의 소설을 쓰는 시간이었다. 2층은 따뜻하다고는 하나 스토브가 없는 방이었다. 잉크가 꽁꽁 얼었다. 그런 잉크를 만년필 끝으로 찔러가며 나는 이불 속에 들어가서 새벽 2시경까지 썼다. 몸은 이불 속에 들어가 있어도 내놓고 있는 손은 차츰 곱기 시작했다. 그 식어빠진 손을 이불 속에 넣어 비벼대고 또 썼다.

그러나 자기의 하고 싶은 일을 한다는 것은 결코 쓰라릴 것도 없고 괴롭지도 않다. 누가 억지로 시킨 일도 아니고 자기가 좋아서 시작한 일이기 때문이다. 그럼에도 나는 때때로,

(언제까지 계속될까?)

하고 생각하는 일이 있었다. 왜냐 하면 나는 극히 의지박약한 인간이었기 때문이다. 나의 어머니 말을 빌리면 내가 공부하고 있던 모습은 전혀 기억에 없다고 한다. 그만큼 게으른 인간이었다. 좋아하는 것만으로 계속될까? 무슨 일이고 곧 싫증을 내는 나는 원고를 쓰면서 때때로 불안해졌다.

# 29

그런데 그 전해의 8월, 나의 가게 바로 근처에 같은 잡화
점이 생겼다. 그 곳은 모퉁이었고 더욱이 버스 정류장 앞이
었다. 지형적 이점이 단연 앞섰다. 이 가게가 개점할 무렵부
터 미우라는 나에게 상품 구입을 삼가라고 말했다.

"구입을 줄이면 물건이 적어져요."

"물건이 적어져도 상관없어요. 저쪽은 자녀가 많아서 가
게를 성공시키지 않으면 안돼요. 우리 가게는 망해도 가
족은 아야꼬뿐이야. 내 월급으로 먹고 살 수 있어요."

나의 항의에 미우라는 말했다. 나는 말끄러미 미우라를
보았다. 아주 진지했다.

"손님이 오면, 죄송합니다만 그 물건은 없으니 저쪽에서
구하십시오라고 하면 돼."

말하자면 손님을 양보하라는 것이다. 나는 애당초 남과
경쟁하기가 싫은 성미였다. 하지만 미우라의 이 말에는 어
지간한 나도 기가 찼다. 주위에는 집이 급속히 늘고 있었다.
하지만 내가 가게를 냈을 때에는 논의 한가운데가 아니었던
가. 전화가 있는 집은 근처에 한 집뿐이었다. 나는 서명운동
을 하여 공중전화를 가게 앞에 설치했다. 호출의 전화가 있
으면 한 마장 이상 떨어져 있는 집까지라도 달려가 알렸다.
전화의 호출은 시키면서 물건은 팔아 주지 않는 집이라 하더
라도 반드시 부르러 가 주었던 것이다.

담배도 소금도 판매권을 얻었다. 하루의 총매상도 1만엔이 되었다. 그것은 결코 쉬운 일이 아니었다. 그렇건만 미우라는 구입을 삼가고 손님을 저쪽 가게로 돌리라고 하는 것이다. 이런 장사의 방식이 있는 것일까? 나는 얼마쯤 생각했다. 성경은 분명히,

'너의 이웃 사람을 사랑하라.'

고 했다. 확실히 그 가게는 엎드리면 코가 닿는 곳에 있었다. 하지만 그런 이웃 사람은 장사의 원수인 셈이다.

그러나 성경에는,

'너의 적을 사랑하라.'

는 말씀도 있다. 나는 현실로 이 문제를 어떻게 하면 좋을지 모르게 되었다.

이웃에 가게가 생겼을 때 형제들은 나에게 주류(酒類)를 팔라고 했다. 세무서에 다니고 있는 동생은 신청서의 용지를 일부러 가져 와 한시라도 빨리 신청하도록 전해 주었다. 잡화점을 하는 이상 주류를 취급하지 않는다면 크게 뻗을 수 없다고도 했다.

나는 여러 사람의 의견을 듣고서 몇 번인가 미우라의 허가를 얻으려고 했다. 하지만 미우라는 언제나 딱 부러진 대답을 않고 허락도 해주지 않은 채 질질 반 년 이상을 지났다.

어느 날 밤 나는 새삼 미우라에게 말했다.

"미쯔요상, 당신은 어떻게 생각해요? 이제 슬슬 술 파는 일을 시작하면 어때요? 신경써 준 사람에게도 미안하고……."

"안돼."

그때 미우라는 단호히 말했다.

"역시 안되겠어요? 물론 나도 주정뱅이는 싫고 크리스찬

으로서 저항을 느껴요. 하지만 이웃의 아이들에게 아버지
가 술을 마시는 걸 어떻게 생각하느냐고 물어 보았더니,
술을 마셨을 때의 아버지가 제일 좋다고 말들 하잖아요.
기분이 좋아져 재미있는 말을 한다나요. 가정에서 마시는
술이란 그리 나쁜 것은 아닌가 봐요."

나는 경제적인 문제도 생각하고 있었다. 부모님의 집을
짓는 일, 가게 일을 돕는 미우라의 조카딸을 고교에 넣어 주
는 일, 나아가선 아버지의 빚을 갚기 위해서도 돈을 벌고 싶
었다. 미우라 역시 마찬가지로 부모나 남을 돕기 위해서라
면 마음이 움직였을 터였기에 나는 그 점도 언급하여 미우라
의 동의를 재촉했다.

"그렇다고 술을 팔 필요는 없어요. 물론 절대로 술을 마시
지 말라고 성경에 쓰여 있는 것은 아니니 신앙과 직접 결
부시킬 문제도 아니야. 그러나 아야꼬가 술을 팔 것은 없
는 거야."

"내가 팔면 어째서 안되죠? 어버이에게 효도할 수도 있
잖아요."

"어버이에게 효도하는 돈은 하나님이 주시는 거야. 아야
꼬, 무슨 일이 있어도 술을 팔겠다고 한다면 이혼하자."

이혼의 이자도 나에게 말한 적이 없는 미우라로부터 이혼
이란 말을 듣고서 나는 섬뜩했다. 미우라는 놀라는 나에게
부드럽게 말했다.

"만일 아야꼬가 술을 팔지 않는다면 모든 일이 잘될 거
야."

"그럼 소설가도 될 수 있어요?"

"될 수 있고말고."

확신에 찬 미우라의 목소리였다.

　나는 그날 밤 생각했다. 확실히 미우라의 말 그대로였다. 나는 술을 팔기 위해 크리스찬이 된 것이 아니었다. 더구나 일본의 크리스찬에겐 술도 담배도 않는다는 미풍이 있었다. 내 자신 나의 가정에는 결코 술을 들이지 않으리라, 아무리 술 좋아하는 사람이 와도 술을 대접하는 일은 않으리라고까지 생각하고 있었을 정도였다.

　한때 나의 아버지가 주정을 하셨던 일도 있어 나는 소녀시절부터 술꾼인 사내와는 결코 결혼하치 않으리라고도 생각했었다. 형제들이 술을 마셔도 나는 항상 비난하는 표정을 지었었다. 마시지 말라고도 했다.

　패전 후 내 자신 허무적이 되어 술을 마신 일도 있었던 만큼 그 뒤로는 더 한층 술이라면 질색이었다. 술은 확실히 차나 커피와 마찬가지로 개인의 기호문제일지도 모른다. 하지만 전혀 같다고 할 수 없는 해로움이 술에는 있다. 술이 원인인 범죄나 가정 파괴가 세상에는 얼마나 많이 있는 일인가. 그것은 내가 새삼 쓸 것도 없다.

　어쨌든 나는 금주운동에 참가하고 싶을 만큼의 인간이었다. 그런 내가 비록 부모의 집을 짓고 싶었다 해도, 조카딸을 고교에 넣고 싶었다 해도 술을 파는 일에 마음이 움직였다니 될 법이나 한가.

　나는 무섭게 생각되었다. 이익이 얽히면 이렇듯 쉽게 변심하고 만다. 그것은 결코 신앙의 문제는 아니었지만 나는 그때 신앙도 이와 같이 무너져 버리는 게 아닐까 하여 두려웠다.

　나는 기꺼이 미우라의 말에 따라 술을 파는 것을 단념했다. 단념하자 마음이 편해졌다. 미우라의 말처럼 저쪽 가게에 손님을 보내는 일도 생각하게 되었다. 신앙의 길은 자기의 뜻대로 사는 것이 아니다. 하나님의 뜻을 좇아 사는 것이다. 자기만이 득을 보려고 생각해서는 안된다. 그런 것도 조금은 생각하게 되었다.

당시의 미우라의 일기에 아래와 같은 말이 있었다.

"아야꼬, 아무 것도 팔리지 않아도 좋다. 하나님만을 첫째로 생각하라."

낮엔 가게에서 일하고 밤엔 소설을 써서 매우 바쁜 나날이었을 터였지만, 미우라의 일기를 보면 우리들은 내방 손님도 많이 받아들이고 있었다. 특히 교회에서의 청년들 남녀 교제에 신경을 쓰고 있었다. 이렇게 우리들 집에서의 '노래 딱지 놀음'이 인연이 되어 결혼한 쌍도 있었다.

친구들의 방문도 많았는데, 떠들썩하니 식사를 하든가 자유롭게 거실에서 이야기를 나누게 하든가 바쁘면 가게의 일을 도움받기도 했다.

때때로 기독교의 모임을 열어서 사람을 많이 청했다. 매 주일마다 거의 교회에 참석했고, 환자의 병문안도 곧잘 다녔다. 근교의 종유동굴을 구경가든가 영화를 보러 가든가 강연회를 들으러 가든가, 그 바쁜 가운데 용케도 돌아다녔다.

강연회라고 하면 38년(1963) 8월 16일 닛쇼 국민학교로 마쯔모토 세이쪼(松本淸張)씨의 강연을 들으러 갔었다. 시로도리 사건(白鳥事件)의 무리카네 피고를 지원하는 강연회로서 2천 명 가량의 청중이 모였다. 그는 어젯밤에 2시간 밖에 자지 못했다고 하며 여러 가지 사회정세에 관해 말했지만, 그 중에서,

"나는 작가입니다."

라는 말이 가장 선명하게 들렸다. 그렇게 말할 수 있는 그가

소설에 응모하고자 하는 나에게는 한없이 부러운 존재였었다.

그날 밤 나는 적잖이 흥분하여 집에 돌아왔다. 작가를 실제로 본 것은 아마도 그때가 처음이었다.

이튿날 나는 호텔에 전화를 걸어 그가 숙박하고 있는지 어떤지를 물었다. 어젯밤의 강연 중에서 조금 마음에 걸리는 말이 있었기 때문이었다.

뜻밖에도 그가 곧 전화에 나왔다. 나의 가슴은 두근거렸다. 나는 지금 마쯔모토 세이쪼씨와 이야기를 하고 있다. 그렇게 생각만 해도 뭐라 말할 수 없는 기쁨을 느꼈다. 그는 나의 질문에,

"지금 곧 오십시오. 만납시다."

라고 말했다. 나는 하늘에라도 오를 것만 같은 심정으로 곧 "네에" 하고 대답하려다가 그만두었다.

"저…… 저는 가게 때문에 찾아 뵐 수가 없습니다."

수화기를 놓고 나자 나는 그와 만날 찬스를 놓치고 만 것이 아쉽게 생각되었다. 하지만 나는 한순간 나의 마음속에 잠재하는 천박한 심정을 깨달았고 만나러 가는 일을 그만둔 것이 다행스러웠다.

마쯔모토 세이쪼씨는 아사히신문에도 곧잘 쓰고 있었으므로 어쩌면 심사원의 한 사람일지도 모른다. 그렇다면 나는 그를 만나서 응모 소설을 쓰고 있다고 알릴지도 모른다. 알린댔자 그의 마음이 움직인다고는 생각되지 않지만, 나는 아마도 잘 부탁합니다고 머리를 숙였을 게 틀림없다. 다소라도 그와 같은 속셈을 품는다는 것은 본인에게도 매우 실례된 일이고, 내 자신 그런 불순함을 용서할 수 없다는 느낌이 들었던 것이다.

# *30*

잡화점을 시작할 때 나는 한 사람이라도 많은 사람에게 그리스도를 전하는 게 염원이었다. 하지만 그리스도교 그 자체를 선뜻 이야기할 수 있기까지는 꽤나 시간이 걸렸다. 가게를 하면서 나는 비로소 한 가정의 주부가 지갑을 열 때의 얼굴을 알았다. 그것은 결코 연약한 여자의 얼굴이 아니고 한 가정을 꾸려 나가는 책임을 충분히 가진 얼굴이었다. 나에게는 손님, 주부 모두가 아주 현명하게 보였다. 그것은 아마도 권력자, 이른바 학자나 문화인이 상상도 못할 강인한 총명성이었다.

그래서 나는 곧잘 인간은 아무리 온순한 사람일지라도 참으로 강한 자라고 생각했다. 아무리 약해 보이는 사람이라도 여차하면 사람 하나는 죽일 수가 있다. 그러한 무서운 힘을 갖고 있는 것이 살아 있는 인간이라고 생각하는 일도 있었다.

하지만 고객들 중에는 어린이의 교육문제, 가정의 불화 등 물건을 사면서 의논하는 사람도 늘어 갔다. 개중에는 부모로선 어쩔 수가 없으니 아이에게 기독교의 이야기를 해 달라고 부탁하는 어머니도 있었다. 잡화점의 주부로서 나는 이런 일로 서서 이야기할 경우도 때때로 있었다.

그런 어느 날 나는 친지인 T꼬의 방문을 받았다. 그녀는 큰 보퉁이를 안고 조금 수척해진 얼굴로 서 있었다. 가게를

조카에게 맡기고 T꼬를 내실로 안내하였다. 느닷없이 그녀
는 말했다.

"미안하지만 이 짐을 맡아 줘요."

나는 얼마 동안 T꼬의 얼굴을 보고 있다가 이윽고,

"무슨 짐인데요?"

라고 물었다.

"내 양장하고 키모노예요."

"설마 집을 나올 생각은 아닐 테죠?"

T꼬는 조금 눈을 내리깔았지만 얼굴을 들자 대담하게 말
했다.

"난 이제 그이와도 헤어지겠어요."

"어째서?"

T꼬의 남편은 성실한 샐러리 맨이었고, 네 살 난 여자아
이가 하나 있었다. 나의 눈에는 아무런 문제도 없는 가정으
로 보였다. T꼬는 잠시 침묵하고 있더니,

"저 부부생활이란 중요하다고 생각지 않아요?"

당돌한 질문에 나는 조금 어리둥절했다.

T꼬의 이야기에 의하면 남편이 너무도 담백하다는 것이
었다. 아무런 자극도 없이 언제나 판에 박은 듯한 밤의 생활
이라는 것이었다.

"더욱이 1주에 한 번뿐이에요."

얼굴도 붉히지 않고 그녀는 말했다. 진지한 눈빛이었다.

"헤어지려는 이유는 그뿐?"

T꼬는 그것뿐이지만 중대한 문제라고 말했다. 월급은 봉
투째 건네주며 결혼한 지 6년, 별로 바람을 피운 일도 없다.
하지만 그녀는 너무도 담백한 남편이 몹시 이기주의자로 여
겨져 혐오감마저 느낀다고 했다.

204

"아야꼬상은 어때요? 잘되고 있겠죠?"

탐색하듯이 나의 얼굴을 보았다.

결혼한 이래 이렇듯 노골적으로 성생활에 관해 질문을 받은 것은 처음이었다. 나는 우리들의 생활을 숨기지 않고 말했다. 사실 우리 부부는 몸이 약했다. 특히 나는 그보다도 약했다.


'이 약한 아내가 자식을 업어 준다는 생각만 해도 가엾어
자녀를 바라는 마음도 없어라.'


미우라는 결혼 뒤 이런 노래를 지었었다. 본심은 아이를 갖고 싶었을 게 틀림없다. 그러나 자녀를 갖는 일만이 결혼의 목적이라고 우리들은 생각하지 않았다. 두 사람이 서로의 인격을 존경하면서 자녀가 없는 부부도 나름대로 이 세상에서 다할 사명이 있다고 생각했다.

우리들의 성생활은 보통의 부부로선 생각할 수 없을 만큼 적었다. 임신시키지 않겠다고 해서 산아제한기구를 사용한다는 일도 없었다. 즉, 미우라의 의지로 자제했던 것이다.

나의 이야기를 듣고 T꼬는 기가 막힌다는 듯이 나를 보았다.

"당신, 그러고서도 용케 결혼한 보람이 있네요."

"T짱. 인간의 생활이란 감각적인 것만을 채우려고 하면 할수록 더 더욱 만족할 수가 없는 거예요. 자극은 자극을 구하는 법이니까요."

이성의 교섭에 만족치 못하여 동성을 구하게 되고, 이윽고 동성에도 싫증이 나서 수간(獸姦)마저 바라게끔 되는 동서고금의 이야기를 생각하면서 나는 말했다. T꼬는 남편의

담백함이 너무나도 불만이라 다른 남성과 깊은 사이가 되었다고 했다.

"난 남자와 여자란 역시 섹스라고 생각해요. 사람은 그이와는 전혀 달라요."

"그것은 당연해요. 만일 그 사람을 남편이라 하고 남편을 지금의 연인이라고 한대도 같은 말을 할 거예요. 관능이라는 것은 그런 거라고 생각해요."

"당신은 아무 것도 모르는 거예요."

T꼬는 웃었다. 하지만 나는 T꼬야말로 부부란 무엇인지, 결혼이란 무엇인지 모른다고 생각했다. 인격과 인격의 결부가 없는 거기에 대체 어떠한 대화가 태어날까? 부부란 서로 공통의 사명을 갖고 있어야만 할 것이며, 우정의 부분(즉, 지성과 조용한 애정으로 서로 이야기할 수 있는 연관)이 70퍼센트, 이성애의 부분이 30퍼센트 차지하는 것이 이상적이라고 나는 생각했다. 몸이나 애무되면 만족하는 등의 사랑이 부부애라고는 생각하고 싶지 않았다.

좀더 깊이 파고들어 말하면, 성욕과 부부애가 동일하다고는 생각되지 않았다. 성욕은 극히 에고이스틱한 것이고 상대의 인격을 꼭 필요로 하는 것이 아니다. 말하자면 여자면 누구든 좋다고 할 무서운 마음이 남자 속에는 숨어 있다고 나는 생각한다. 아름다운 여자의 누드 사진에 정욕을 느끼고 손쉬운 아내에 의해 그런 정욕을 채울 수 있는 일조차 있을 수 있는 것이다. 어떤 부인이 나에게 이와 같이 말한 적이 있었다.

"남편은 스트립쇼를 보러 간 밤은 반드시 나를 요구하는 거예요. 징글맞아요."

정욕을 느끼는 상대가 아내로만 국한되지 않음을 아내된

사람들은 얼마만큼 인식하고 있는 것일까. 정말로 아내를 사랑하는 흥분으로서 아내를 구하는 사람도 물론 있을 것이다. 그러나 사랑이기보다는 정욕인 편이 많음도 확실한 것이다. 나는 부부 사이에서 성생활인 때가 사내로서는 가장 비정해져 있을지도 모른다고 생각하는 일마저 있었다.

T꼬는 성내며 돌아갔다. 그리고 마침내 가출했지만 결국은 그 사내에게도 만족치 못하고 또 다른 사내한테로 가고 말았다.

그 무렵부터 아내의 가출에 대해 많이 보고 듣게 되면서 나는 그녀들의 '사랑'이란 것에 위험을 느끼지 않을 수 없었다. 유부녀에게 손을 내미는 사내도 결국 '일도(一盜)'의 즐거움에 탐닉했을 뿐이 아닌가 생각되었다. (일도란 주지하는 바와 같이 남자의 육체적 즐거움에 있어서 남의 아내를 훔치는 것이 제일가는 즐거움이고, 마지막이 아내를 품는 것이라고 한다. 그러니까 아내는 성의 대상으로서 최하위라는 것이다.)

나의 사고 방식이 극단한 것일지도 모르지만, 요즘처럼 성을 너무나도 절대시하는 풍조에 동성을 위해서 한마디 써두고 싶었다.

# *31*

소설은 써 나감에 따라 점점 어려워졌다. 어느 때에는 나에게 1천 매를 쓰고 마무리하는 능력이 정말 있는 것일까 생각되기도 했다. 좋아서 시작한 일이지만, 만일 그것뿐이었다면 나는 이쯤에서 펜을 던지고 말았으리라. 하지만 나는 쓰면서 인간사회는 왜 이렇게도 행복해지기 어려운가, 대체 그 원인은 무엇인가에 대해 생각하게 되었고 교회에서 가르치고 있는 죄의 문제에 부딪치지 않을 수 없었다. 이런 죄의 문제를 크리스찬으로서 호소하지 않으면 안된다고 생각했다. '호소해야 한다'는 이런 사명감이 없었다면 나는 끝까지 써 나갈 수 없었을 것이다.

나는 여기서 내가 다니는 교회의 가와타니 이로 목사에 관해 조금 써 둘까 한다. 전임의 나카지마 마사아끼 목사가 미국으로 가고 그 뒤의 목사관지기를 했다는 것은 이미 썼다. 목사관을 지키고 있는 사이 미우라는 맹장을 앓았고 우리들은 새 집으로 옮겼다.

그 쇼와 36년(1961) 9월 15일 가와타니 목사가 가즈꼬 부인을 비롯한 자녀와 함께 아사히까와에 부임하였다. 쇼와 4년(1929)생인 32세의 젊은 목사였다. 그 눈이 맑고 날카로워 설교는 처음부터 우리들의 가슴에 와 닿았다. 지금에 이르기까지 가와타니 목사의 설교는 우리들 속에 잠자고 있는 나태한 생각, 안이한 생활방식을 뒤흔드는 힘찬 것이 되어 주고 있다.

한편 가와타니 목사의 설교는 온갖 각도에서 우리들의 생활을 도려냈다. 싫어도 자기의 약함, 추악함을 신의 빛 앞에 드러내 주었다. 나는 점차로 가와타니 목사의 설교를 듣지 않으면 큰 손해라고 생각하기까지 되었다.

이 목사의 설교가 「빙점」을 쓰고 있는 나에게 있어 얼마나 의지가 되고 또한 시사를 받았는지 헤아릴 수 없다.

이렇게 쇼와 38년(1963)도 12월을 맞았다. 12월 31일이 현상소설의 마감날이었다. 나는 부지런히 써 나갔다. 그런데 마감까지 열흘을 남겨 둔 채 나는 감기로 쓰러졌다. 38도의 열이었다. 미우라가 근무처에서 귀가하여 소설을 복사해 주고 있었다. 둘 다 충분히 지쳐 있었지만 우리들의 연중행사의 하나인 '어린이 크리스마스'를 해야만 했다.

이 어린이 크리스마스에는 다음과 같은 내력이 있었다. 우리들이 결혼한 이듬해였을까, 미우라의 근무처에서 망년회가 계획되었다. 장소는 카바레, 회비는 5백엔이었다. 그런데 간사가,

"미우라상은 그런 곳에 가지 않겠지요?"

라고 친절히 말해 주었다고 한다. 그것은 미우라가 얌전하기 때문에 카바레의 분위기엔 어울리지 않는다고 염려해 주었던 것이리라. 그런 셈으로 5백엔의 돈이 남았다. 이 돈을 무엇에 사용할까 하고 두 사람은 의논했다. 그 결과 이웃의 아이들을 모아 어린이 크리스마스를 하기로 했다.

캐러멜이며 과자류를 1인당 50엔씩 사도 상당한 양이 되었다. 얼굴이 익은 아이들은 꼭 10명이었다. 방의 전등을 끄고 촛불을 켜면서 기도를 하든가 찬송가를 부르든가 예수 탄생의 이야기를 하든가 했다. 제2부에선 미우라가 '그림

연극'(그림을 그린 상자 등을 차례로 보여 줄거리있게 만든 것)을
하든가 어린이들이 노래를 부르든가 했다. 청순하고 즐거운
어린이 크리스마스였다. 그로부터 우리들은 매년 어린이 크
리스마스를 열기로 했던 것이다.

가게를 열고서부터는 모이는 어린이도 훨씬 많아졌다. 아
이들은 그해 크리스마스가 끝나면 벌써 내년의 크리스마스
를 즐거움으로 여기고 있었다. 하지만 나는 금년만은 어린
이 크리스마스를 정월로 연기하고 싶었다.

소설의 마감이 눈앞에 닥쳤는데 소설은 아직 완성되고 있
지 않았다. 복사해야 할 것도 3백 매나 되었다. 게다가
38도의 발열까지 있었다.

어린이 크리스마스를 위해선 선물을 사러 시내까지 가야
만 한다. 과자도 인원수만큼 봉지에 담아 두어야 한다. 산타
클로스의 의상을 교회에서 빌려야 하고 방을 장식하는 일도
있다. 꼬박 이틀은 걸릴 것이다. 시간을 사야 할 이런 때에
어린이 크리스마스를 갖는 일은 불가능하다 싶었다.

"미쯔요상, 금년 크리스마스는 정월이 되고서 해요. 소설
이 늦었어요."

단번에 미우라는 잘라 말했다.

"하나님께서 기뻐하시는 일을 하여 떨어지는 소설이라면
쓰지 않아도 되오."

평소는 다정하지만 일단 일이 있으면 미우라는 완고할 만
큼 엄했다.

"하지만 복사는 해야만 해요. 낙선해도 원고는 돌려 주지
않는다고 응모규정에 써 있거든요."

"아야꼬, 입선하기로 정해져 있는 원고의 복사 따위가 어
째서 필요하지?"

미우라의 말에 나는 놀라 그를 보았다.

(어머, 아직도 이 사람은 입선의 확신을 갖고 있다!)

실은 그해 7월 경 이런 일이 있었던 것이다.

어느 날 아침 미우라는 2층에서 내려오면서 나에게 이런 말을 했다.

"아야꼬, 이 소설은 입선할 거야."

미우라는 평소 결코 서두르지 않는 주의로서 헛소리를 한 적이 없었다.

나는 그의 머리가 좀 이상해졌는가 싶어 불안해졌다.

"어머, 어째서요?"

나와 미우라의 조카딸은 아연하여 그를 보았다. 미우라는 확신에 넘친 얼굴로 말했다.

"응, 오늘 아침 성경의 말씀이 번뜩였어."

미우라는 성경을 펴고 마가복음 11장 24절을 나에게 가리켰다.

'그러므로 내가 너희에게 말하노니 무엇이든지 기도하고 구하는 것은 받은 줄로 믿으라. 그리하면 너희에게 그대로 되리라.'

"보라구, 이미 받은 줄로 믿으라고 쓰여 있잖아. 그러니까 믿으면 그대로 되는 거야. 입선할 수 있어."

"하지만……."

나는 그의 신앙에 감탄하면서도 불안했다. 나는 난생 처음으로 소설이라는 것을 쓰고 있는 것이다. 더욱이 1천 매에 이르는 신문소설이었다. 7월 그 당시 나의 소설은 아무리 보아도 소설의 모습을 갖추고 있지 않았다. 물엿을 둥글게 뭉치듯이 도무지 다루기 고약한 무렵이었다. 게다가 나는 천성적으로 의지박약이었고, 바쁜 잡화점의 일도 갖고 있었다. 모로 가더라도 소설이 완성될지 어떨지 자신이 전혀 없었다. 서툴러도 좋다. 완성되기만 하면 그것으로 기적이라 생각하고 있었다. 그런 나에게,

"아야꼬, 이 소설은 입선한다."

고 잘라 말했던 것이다.

"정말?"

나는 미심쩍은 얼굴이 되었다.

"성경의 말씀은 단순히 믿으면 되는 거야. 너희를 믿는 것처럼 하나님을 믿는 너희가 되라는 말씀도 있어. 아니면 아야꼬는 성경에 엉터리라도 쓰여 있다고 생각하는 거야?"

"그렇지는 않지만······."

나로선 확신이 없었다.

"어쨌든 이 소설은 입선해."

기분좋게 출근하는 그의 뒷모습을 배웅한 뒤 조카가 나에게 말했다.

"그런 말을 숙부님이 하지 않았으면 좋았을 텐데. 숙모님, 입선하지 못하더라도 부끄럽게 생각하지 마세요."

이런 일이 있고 나서 5개월이 지난 12월이었다. 아직껏 입선한다고 믿고 있는 미우라에게 나는 감탄하지 않을 수 없었다. 나는 미우라처럼 성경의 말씀을 굳게 믿을 수가 없었다.

이리하여 미우라의 말을 좇아 어린이 크리스마스를 하였다. 백 명 가까운 어린이들은 예년처럼 과자나 선물을 받고 기도를 하거나 찬송가를 부르고 환등(역시 상자에 전등을 넣고 줄거리 그림을 스크린에 비치는 것)을 보고서 돌아갔다. 사실 미우라는 내가 이런 이야기하는 것을 싫어했다. 언제나 그

와 같은 강한 신앙이 있기나 한 것처럼 오해되면 곤란하다는 것이다. 확실히 미우라라고 해서 언제나 확고한 신앙을 갖고 있는 것은 아니었다. 그러나 이때 그가 말한 것은 사실이므로 나는 하나의 은혜로서 또한 기념으로서 적어 두고 싶었다.

이래서 나는 최후의 4일간을 필사적이 되어 원고를 썼다. 미우라도 1년의 관청 일을 마무리한 뒤 열심히 정서(淨書)를 도와주었다. 이리하여 12월 31일 새벽 2시 소설 〈빙점〉은 마침내 완성되었던 것이다. 복사는 2백 매 가량을 끝내 하지 못했다. 아무튼 의지박약의 본보기와도 같은 내가 1천 매 가까운 장편을 써낼 수 있었던 것이다.

두 사람은 하나님 앞에 진심으로 감사를 올리고 '만일 이 작품을 좋다고 보신다면 세상에 알려지게 해주소서'라고 기도했다. 그리고 즉시 원고를 포장했다. 골판지 상자에 50매씩 철한 원고를 정성껏 겹쳤다. 원고는 도중 눈을 맞아도 비를 맞아도 젖지 않도록 비닐봉지로 쌌다. 명찰도 비닐로 덮었다.

포장한 그 원고를 머리맡에 놓고서 잠잤고 아침이 되어 미우라가 본국(우체국)까지 부치러 갔다. 12월 31일의 소인이 있으면 유효인 것이다. 그 소인을 두 개 선명하게 찍어 달라 하고서 발송했다고 미우라는 말했다.

# *32*

쇼와 39년(1964)의 새해도 밝았다. 두 사람 모두 피로가
겹쳤다. 당시의 일기에는 매일같이 피로하다고 쓰여 있었
다. 나는 오른쪽 어깨가 무척이나 뻐근해서 뜸질을 하러 다
녔다.

1월 22일, 미우라는 감기가 들었다. 가래가 갈색이라 이
상하다고 생각한 나는 즉시 친절한 사토 에이이찌 선생에게
진단을 부탁했다. 뢴트겐 사진의 결과 급성 폐렴임을 알았
다. 25일엔 열이 40도까지 오르고 미우라의 안색이 흑빛이
었다. 같은 시내에 사는 미우라의 어머니와 누이가 밤을 새
며 간호하러 와 주었다. 나는 미우라의 옆에서 떠나지를 않
았다. 기침을 하면 곧 가래를 받기 위해 종이를 입가에 가져
갔다. 미우라에게 손을 내놓도록 해서는 안된다고 생각했
다. 추운 아사히까와였다. 반사식의 스토브 밖에 없는 방에
서 병자에게 손을 내놓게 한다면 큰일이었다. 나는 가게도
쉬고 오로지 미우라의 간호를 했다.

미우라는 벙긋거리듯 괴로운 호흡을 반복했다. 숨을 쉴
적마다 콧방울이 부풀고 눈 아래도 거무스름하니 물들어 있
었다. 맹장일 때도 중태였지만 이번엔 임종이 가까운 듯한
느낌이었다. 나는 며칠 밤이나 잠이 오지 않았다. 그래서 몇
번이고 다다미에 이마를 조아려 기도했다. 만일 미우라가
죽는다면…… 나는 나의 온몸에서 피가 흘러 나가 버리는

것만 같은, 뭐라 말할 수 없는 허탈감에 사로잡혔다.

그런 중에 미우라의 어머니는 말했다.

"아직도 당신들은 사명이 있으니까 미쯔요는 걱정없어요."

"하지만 정말로 살 수 있을까요?"

"아야꼬상, 당신의 신앙은 어디에 있지요? 뒷일은 이제 하나님께 맡겨요. 그것보다도 구약성서의 욥기를 읽어요."

시어머니는 침착했다.

욥기의 욥은 신앙이 두텁고 바른 인간이었지만 단숨에 아들들이며 종들이 죽임을 당하고 가축과 재산을 빼앗기고 말았다. 하지만 그때 욥은 이렇게 말했던 것이다.

"내가 어머니 뱃속에서 알몸으로 나왔사온즉 또 알몸으로서 그리로 돌아가리라. 주신 자도 여호와시요 거두신 자도 여호와시니 여호와의 이름이 찬송을 받으실지이다."

하지만 욥도 이윽고 발바닥에서 머리 꼭대기까지 악성 종기가 생겨 시달렸다. 그때 그의 아내는 신을 저주하며 죽으라고 했다. 그러자 욥은,

"우리가 하나님께 복을 받았은즉 재앙도 받지 아니하겠느뇨."

라고 말했던 것이다.

이 유명한 욥의 이야기는 일찍이 요양중의 나에게도 큰 위안이 되었던 것이었다.

그렇기는 하지만 나는 미우라만이 왜 이렇게 괴로워해야만 하는가 알 수 없었다. 하지만 어쨌든 순순히 하나님이 하시는 일을 기꺼이 받아들이는 신앙이 아니면 안된다. 미우라도 괴로움중에서 같은 심경이었던 것 같다.

　가와타니 목사가 병문안을 와 기도해 주신 뒤 흡입기를 사러 1킬로미터 가량 떨어진 약국까지 일부러 왕복해 주셨다. 그와 같은 사람들의 기도나 격려 속에서 한 달 후에는 미우라도 겨우 안도할 수 있는 상태가 되었다.

　3월 13일, 나는 한 달 반 동안 간호로 지쳐 있었다. 미우라가 된장국을 더 달라고 해서 그것을 가지러 충계를 내려가고 있을 때 발을 헛디뎌 엉덩뼈를 부딪치고 말았다. 아픈 정도가 아니었다. 엉덩뼈를 다쳐 일생을 두고 대소변을 가리지 못하게 된 사람의 일이 문득 머리를 스쳤다. 나는 가까스로 두 손을 짚고 일어섰다. 일어날 수가 있다면 대소변을 가리지 못하는 염려는 없었다. 하지만 앉거나 구부릴 수가 없었다.

　그때부터 나는 미우라와 머리를 나란히 하고 자리에 누웠다. 반듯이 눕지 못하고 엎드린 채의 며칠이 계속되었다. 그런 어느 날 요양소 시절의 친구로부터 엽서가 왔다.

　"미우라상은 급성 폐렴, 아야꼬상은 부상을 입고 누워 계신다니 당신들은 무슨 탈을 입고 있는 게 아녜요?"

　크리스찬은 이런 사고방식을 갖지 않는다. 이미 나는 모든 게 하나님의 축복 속에 있다고 생각했다.

　그 무렵 미우라의 어머니는 나에게 말했다.

　"아야꼬상, 아야꼬는 확실히 여자의 일은 능숙하다고는 못하지만, 하나님은 사람 각자에게 다른 사명을 주고 있지요. 주어진 재능을 사명이라 생각하고 나아가면 좋을 거예요."

　책상 위에 흩어져 있는 원고를 보고서 하시는 말씀이었다.

　나는 그 말에 감동했다. 우리는 아직 누구에게도 현상소설에 응모했음을 말하지 않았다. 그러므로 무슨 원고를 쓰고 있는지 미우라의 어머니는 몰랐을 게 틀림없다. 아무튼 보통의 시어머니로선 할 수 없는 말이라고 나는 고맙게 들었다. 물론 아사히신문의 현상소설에 당선하고 나서라면 누구에게라도 쉽게 말할 수 있으리라. 이때의 일을 생각하면 나는 마음도 새로이 감사하지 않을 수 없다.

여기서 미우라의 병중 창작을 두세 구절 적어 둔다.

――자리에서의 배변을 오전에 보니 조금 나은 표시라고 생각한다.

――신장 적출, 맹장 파열, 급성 폐렴, 앞으로 몇 번 고비를 넘겨야 죽을까.

――비행기 모양의 구름이 어느덧 높아진 창문은 3월의 하늘이 되다.

3월의 소득신고에는 우리 잡화점도 겨우 15만엔의 흑자가 되었다. 월당으로선 1만 2천엔 남짓이었다. 당시의 미우라 월급은 가옥을 위한 판제금, 사회보험료, 생명보험료, 세금 등을 공제하고 2만 5천엔쯤 되었다. 나는 월급이라는 것이 얼마만큼 큰 가게 하나의 순익과 맞먹는 것인지 새삼 알았다. 나는 지금까지보다도 더욱더 미우라의 월급에 큰 감사를 가질 수 있었다. 자기가 땀 흘려 일해 보고서야 돈의 가치도 알기 마련이다.

나는 금년에야말로 부모를 위해 집을 짓고 싶다고 생각했다. 대지를 살 돈이 없었으므로 우선 모퉁이 땅을 빌리기로 했다. 모퉁이 땅을 빌리고 대지만은 확보했다. 은행에서 돈을 빌리려고 했지만 미우라는 그럴 필요가 없다고 말했다.

"부모에게 효도하는 돈은 하나님이 주신다."

미우라의 말은 작년과 변함이 없었다. 나는 문득 응모한 소설의 일이 생각났다. 응모한 원고가 무사히 아사히신문사에 도착했다는 것, 731편의 응모자가 있다는 내용의 통지가 이미 1월 31일에 신문사의 학예부(문화부)로부터 와 있었다. 731이라는 숫자를 들었을 때에 입선의 가능성을 체념하고 있었다.

6월 19일은 나의 작은 오빠 내외의 기일(忌日)이었다. 이날 절에서 죽은 작은 오빠 부부며 돌아가신 숙모님의 연기(年忌)가 오후 5시부터 행해지기로 되어 있었다. 나는 아침부터 가게가 바빠 신문을 읽을 겨를도 없었다. 그런데 부모와 함께 살고 있는 막내 동생 히데오가 신문을 움켜 잡고,

"큰일이다!"

하며 뛰어들어왔다.

"아야짱! 이것, 이곳을 읽어 봐요."

펼쳐진 아사히신문의 기사를 보고 나는 소리를 질렀다.

'1천만엔 현상소설 제1차 예선 결과 25편이 결정됨'이라는 표제 아래 '빙점, 미우라 아야꼬'라는 글자가 쓰여져 있었다. 동생은,

"놀랐어, 아야짱. 무심코 이곳을 보았더니 미우라 아야꼬라는 글자가 맨 먼저 눈에 띄잖아."

내가 응모한 것을 몰랐던 만큼 히데오의 놀라움은 컸다.

나는 곧 전화로 미우라에게 알렸다. 미우라도 기쁜 모양이었다. 그 25편 중에는 유명한 작가도 있었다. 나와 동생은 어느 제목의 소설이 입선할까 생각하며 제목들을 보았

다. 어느 것이나 모두 능숙해 보였다. 25편 중에 들었을 뿐인데도 나는 너무 기뻤다.

그날 저녁의 불공에서 친척, 형제들로부터 축하의 인사를 받아 무언가 기쁜 석상에 나간 것만 같은 느낌이었다. 찌가사끼의 이스가라시 선생으로부터 축전도 있었다. 그날 밤은 흥분되어 잠이 오지 않았다.

6월 23일, 아사히신문 아사히까와 지국으로부터 전화가 있었다.

"내일 본사 학예부의 기자가 방문합니다만, 집에 계십니까?"

입선 발표는 7월 10일이 예정이었다. 본사의 기자라는 소리에 나의 가슴은 두근거렸다. 나는 긴장하며 다음날을 기다렸다.

이튿날인 24일, 아사히신문의 기를 나부끼는 차가 가게 앞에 섰다. 지국장은 고바야시 긴따로씨이고 본사에서 온 분은 몬마 요시히사씨였다. 나는 두 장의 명함에 눈길을 보내며 내실로 안내했다. 몬마씨는 나에게 최종의 몇 편인가 속에 〈빙점〉이 뽑혔다고 알려 주었다. 그리고,

"뭐, 말하자면 그 작품을 확실히 당신이 썼는가 아닌가, 도작(盜作)이 아닌가를 확인하는 매우 실례된 소임이지요."

라며 웃었다. 안경 너머로 번뜩이는 날카로운 눈인데, 웃으면 볼에 우물이 생겨 친근해지기 쉬운 얼굴이 되었다.

무언가 많은 이야기를 나눴다고 생각되지만 너무나 긴장한 때문인지 그때의 이야기를 나는 거의 기억하고 있지 않다. 돌아갈 때 몬마씨는 나의 수기가 실린 「슈후노또모」를 빌려 갔다. 이 6월 24일은 〈빙점〉 속의 소녀에게 그 이름을

붙인 나의 여자 동생 '홋다 요꼬'(堀田陽子)의 기일이었다. 나의 언니 유리꼬가 아침부터 달려와서 가게일을 도와주었다. 이 언니는 내가 어렸을 무렵부터 여러 모로 영향을 받았던 언니로서 특히 문학에 관해서 가르쳐 주는 일이 많았다.

6월 30일의 아사히신문 조간에는 제 2차 심사에 뽑혀진 10명의 이름이 나 있었고, 지방판에는 나의 사진이며 기사도 자세히 실렸다. 어지간한 나도 이 무렵부터 잠이 얕아졌다. 7월 10일의 입선이 가까워지고 있었다. 아버지도 어머니도 역시 같았다. 미우라 한 사람만이 여느 때와 다름없이 푹 자고서 출근했다.

7월 5일, 이날은 나의 세례 기념일이었다. 병상에서 세례를 받은 일을 생각하면서 나와 미우라는 교회의 예배에 나갔다. 마침 '꽃의 날' 예배로서 흰 백합, 장미, 작약 등이 교회의 설교단 주위에 가득 향기를 풍기고 있었다.

7월의 둘째 금요일은 우리들의 가정이 교회 전도의 장으로 사용된 최초의 날로서 교회의 캘린더에 인쇄되어 있었다. 예배 후 우리들은 그 일에 관해 목사와 의논을 하였고 아울러 소설의 경과도 보고했다. 가와타니 목사는 소설에 관해서 몇 번인가 기도하러 와 주셨다.

"목사님, 기도회에 와 주세요."

이날도 그렇게 말하고 우리는 교회를 나왔다.

25편 중에 들었을 때는 그 이상 바랄 수 없을 것 같은 심정이었지만 여기까지 오자 역시 1위가 되고 싶었다. 하나님께 〈빙점〉을 써 주시옵소서 하고 기도하지 않을 수 없었다.

7월 6일 오후 3시, 마침 우리 집에 춤선생 돈다 히사꼬상이 와서 춤(일본춤)을 가르쳐 주고 있었다. 제자는 이웃의 네마 부인과 나 두 사람이었다. 한창 춤을 추고 있을 때 전화가 왔다. 아사히 지국장인 고바야시씨로부터였다.

"미우라상, 축하합니다. 1 위 입선으로 내정되었습니다."

나는 수화기를 잡은 채 깡충 뛰었다. 뭐라고 대답했는지 기억에는 없다. 나는 곧 다이얼을 돌려 미우라에게 전화했다.

"미쯔요상, 1 위로, 1 위가 된 거예요."

들뜬 내 목소리에 되돌아온 미우라의 목소리는 차분했다.

"아, 그래, 잘되었어."

단지 그것뿐이었다.

"부인이 소설을 쓴다니 몰랐어요."

춤선생쪽이 오히려 기뻐해 주었다.

나는 곧 부모님이 계신 곳으로 뛰어갔다. 어머니는 눈물을 감추며 기뻐했다. 미우라의 어머니에게도 전화로 알렸다. 기묘하게 현실감이 없는 꿈과 같은 느낌이었다.

저녁 때 미우라가 돌아왔다.

"잘되었어."

미우라는 싱글벙글 하고 있었지만, 곧 나를 2층으로 불렀다.

"감사의 기도를 올립시다."

그렇게 말하고 미우라는 기도하기 시작했다. 나는 미우라가 작년 이맘때 한 말이 생각났다.

"아야꼬, 이 소설은 입선한다."

그리고 성경의 말씀을 가르쳐 주었다. 나는 미우라의 말에 감탄하면서 결코 함께 믿지는 않았다. 마지막의 마지막까지 입선할지 어떨지 자기 멋대로 걱정해 왔을 뿐이었다. 미우라는 조용히 말했다.

"아야꼬, 하나님을 두려워해야 해. 인간은 유명해지든가 조금이라도 돈이 들어오게 되면 그렇지 않았을 적보다 어리석어지기 쉬운 법이야. 또 남들이 추켜 세우면 진짜 바보가 되기도 하지. 이제부터의 행보(行步)가 중요해."

딴은 그렇다 싶어 나는 고개를 끄덕였다.

"그리고 1천만엔이라는 돈은 우리들이 생각해 보지도 않았던 큰 돈이지. 이 큰 돈을 손에 넣고 나서 무엇에 쓸까 생각하면 똑바로 쓰지를 못해. 역시 아깝게 여겨지니까 말야. 나는 그 사용법도 하나님의 뜻에 맡기기로 이미 기도해 두었어. 하나님과 사람들을 위해 써야 해."

참으로 미우라다운 말이었다.

"아야꼬, 하나님은 우리가 잘 나서 써 주시는 게 아니야. 성경에도 있는 것처럼 우리는 흙으로 만들어진 '질그릇'에 지나지 않아. 이런 '질그릇'이라도 하나님이 쓰시려 할 때는 반드시 써주신다. 앞으로 자기가 '질그릇'임을 결코 잊지 않도록."

마침내 7월 10일의 아침이 되었다. 이른 아침 6시, 가게의 덧문이 쾅쾅 두들겨졌다. 신문 배달원이 아사히신문을 한아름 가져다 주었다. 입선의 기사가 크게 실려 있었다.

오늘만은 하루 쉬어 주리라 생각했지만, 미우라는 여느 때처럼 도시락을 갖고 출근했다. 부모, 형제, 친척, 친구, 친지가 축하하러 달려왔고, 신문사와 잡지사의 사람도 찾아왔다. 축하 전화가 연신 걸려 왔다. 밤까지 축하객이 끊이질 않았다.

저녁 7시, 예정대로 제1회째의 제2 금요 가정집회가 가와타니 목사의 설교에 의해 시작되었다. 축하하러 달려온 목공단지의 소년들, 여학교 시절의 친구들, 이웃의 부인들,

친척들이 목사의 설교를 들었다. 우리 집에 있어 크나큰 축하의 이날이 또한 교회에서 정한 가정집회의 첫번째가 된 것을 우리 부부는 의미 깊게 받아들였다.

이렇게 우리 부부의 행보(行步)는 시작되었다.

**옮긴이 / 최 봉 식**

1994년 서울에서 태어남, 성결신학대학·조선대 행정대학원
에서 수학함, 저서로서는 <신념의 마력>, <길은 여기에>,
<이질그릇에도>, <빛이 있는 동안에>, <그리스도를 본받아>,
<천국열쇠>,<고독과 순결의 노래>등이 있음.


# 이 질 그릇에도(제2부 결혼편)

---

1판  1쇄 인쇄  /  1992년  4월 25일
1판  1쇄 발행  /  1992년  4월 30일
**12판** 1쇄 발행  /  **2023년  4월 10일**

---

지은이 / 마우라아야꼬
옮긴이 / 최 봉 식
펴낸이 / 김 용 성
펴낸곳 / 지성문화사
등  록 / 제5-14호(1976.10.21)
주  소 / 서울시 동대문구 신설동 117-8 예일빌딩
전  화 / 02)2236-0654
팩  스 / 02)2236-0655, 2952


정  가 / 13,000원